綿苗結花（學校）
在班上是個文靜、
樸素的眼鏡妹……
但真正的她是？
「……佐方同學，不要一直盯著我。」
（↑超想說話，
但在學校隱瞞彼此的關係）
【好消息】
我的不起眼未婚妻在家有夠可愛 1

綿苗結花（家裡）
結花在家的模樣。
多話的御宅族。
在信賴的遊一面前
表情豐富。
佐方遊一
本來只對二次元
有興趣的高二生。
突然演變成必須
和結花結婚……？

和泉結奈（工作版結花）
在偶像遊戲《愛麗絲偶像站》為遊一最喜歡的女角色配音。
結花的另一個面貌。
佐方那由
遊一的妹妹，國二生。平常和父親一起在海外生活。偶爾出現就會激進地對他們兩人的關係搧風點火……？

「好high！
二原桃乃　可以和綿苗同學一起玩，我好開心！」
遊一、結花的同班同學，
是個開朗角色的女生。
和誰都能輕鬆談話，
每次都會來找遊一。

「……這麼牽強，會啟人疑竇吧。」
「……我也想跟你一起玩啊。就只有大家跟你玩，不是很賊嗎？」

「我……可是做好了心理準備。」
「心理準備……？」

「不要問女生
這種問題……笨蛋。」

「因為現在是在家裡。」
「接下來，是我和小遊之間的祕密。」

【好消息】

我的不起眼未婚妻在家有夠可愛。

My Plain-looking Fiance is Secretly Sweet with Me.

1

Kadokawa Fantastic Novels

第1話 【快報】高二的我，要被老爸逼著結婚了……

「……什麼？結婚？我嗎？」

『嗯，恭喜。他還說哥你從明天起就是已婚人士了。』

妹妹以很乾脆的語氣告訴我，我要結婚了。

我聽得莫名其妙，於是反問。

「那由……妳說明天誰跟誰要結婚？」

『囉唆耶。就你和一個陌生的女生啊。』

「呃～～我問個清楚，妳說的哥，是誰？」

『啥？佐方遊一，高中二年級生。就我那個平平無奇的哥哥啊，怎樣？呿！』

妳是在「呿！」什麼啦。

我才想罵人呢。

佐方遊一。這的確是我的名字。

那由說得沒錯，我是個平平無奇的高中生。

像是頭髮染成咖啡色啦，制服底下穿著紅色T恤啦，這類強調自己上了高中的種種舉動，我全都沒做。

我一頭亂糟糟的黑髮，身材不高不矮，不胖不瘦。

是那種不會故意把學校指定制服穿得凌亂的類型。成績還過得去，運動不怎麼在行。

這樣的我，明天就要結婚？

而且，還是跟一個陌生的女生？

「當事人到前一天都沒聽說這件事，也不認識對象。而且追根究柢來說，甚至還沒到可以結婚的年齡。這件事是在開什麼玩笑？」

『別跟我說，有意見去跟爸說啦。我叫他來聽電話。』

我同時聽見妹妹撂下的這幾句話，以及乒乒乓乓一陣震耳的噪音。

『嗨，我親愛的兒子，我是爸爸啊！』

老爸心情大好地開了口。

由於工作上的需要，老爸從去年就調任到海外。

當時還是國中生的那由和老爸一起住在海外。

相對地，我則留在日本，開始一個人住差不多要滿一年了。

「你扯什麼莫名其妙的結婚，是說真的嗎？」

我低聲一問，老爸就先清了清嗓子。

『爸爸現在正面臨很關鍵的時期。公司要把爸爸派到海外新分部的重要職位，之後不是順勢走上出人頭地的道路，就是失勢淪為窗邊族。』

「嗯。所以呢？」

『在這樣的情形下，爸爸和老主顧那邊的高層熟了起來。聽說對方的千金從念高中起就去東京一個人住。他這做爸爸的，似乎有很多事要擔心，像是人身安全啦，會不會被壞男生騙啦。』

「……我隱約猜得到接下來的部分了。所以你這老主顧的千金，就是我的結婚對象？」

『就算說佐方家的命運都賭在你的婚姻上也不為過。』

這理由也太自私了吧。

我輕輕嘆氣，朝話筒另一頭發牢騷。

「我說老爸……看到你跟媽離婚以後的慘狀，弄得我無法對結婚懷抱夢想，這你知道吧？」

『而且你國三的時候也留下了黑歷史。』

「沒錯沒錯……不對，那由妳囉唆！而且老爸人呢！」

『躲進自己房間了。』

「別開玩笑了。真是的……妳也幫我說服他啦，我說真的。」

『我才不管。總之，明天我去幫你們仲介。就這樣，呿！』

哇！她單方面掛斷了。

為什麼她要不高興啦，真是沒天理。

重要的是，這是說真的嗎？結婚？我？

饒了我吧……我明明死也不想走向人生的墳墓。

◆

接到那通聳動電話的隔天。

我心不在焉地度過了開學典禮。

「遊一，你為什麼表情這麼陰沉啦！」

我坐在座位上發呆，背就被人用力拍了一記。

「阿雅，你為什麼這麼興奮啦。」

「誰教人家連續五年都和你分在同一班嘛！」

「別這樣，真的很噁心。」

「幹嘛啦，真不配合。你就閉上眼睛，想像是美少女對你這麼說啊。」

「聲音太粗了，駁回。」

這傢伙是我國中時代就認識的朋友——倉井雅春。

留著刺蝟頭，戴黑框眼鏡。

他一年到頭都在傻笑，所以女生都不會靠近他。

雖然也就是因為這樣，我和他在一起的時間才格外自在。

畢竟我還是會怕跟三次元的女生扯上關係。

「話說回來，是連續五年耶。國中三年，再加上高中也第二年了！我們這孽緣也太猛了吧？唉唉唉唉唉，如果是美少女就可以立旗了啊～～～～……」

「只是分在同一班就要立旗，沒這麼容易吧？」

「……別破壞夢想。不過也是啦，不然照這個道理，我和二原應該已經在交往了。畢竟我跟她從國三就一直同班。」

阿雅說著手指的方向有哈哈大笑的二原桃乃。

二原同學也在這一班啊？

看著晃動一頭鬆軟的咖啡色頭髮，外表有點辣妹樣的她——我嘆了一口氣。

不知道二原同學是哪裡覺得開心，特別愛找我聊，坦白說我很不會應付。

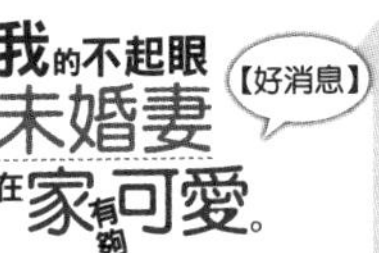

我明明想盡可能和三次元女生保持距離。

「……嗯？」

我正發呆想著這樣的念頭。

一個戴著眼鏡的不起眼少女映入視野的角落。

明明剛剛就有一段自我介紹的時間。

但她的長相我沒印象，連名字也不知道。

一頭黑髮綁成馬尾。

細框眼鏡下是一雙眼角微微上揚的眼睛。

她已經就座，所以看不太出來，但體格多半苗條又嬌小。

如果要舉例——就是存在有如空氣的人。

不好也不壞，純粹就是不會讓人留下記憶。

就算要辦同學會，大概也會讓人甚至忘了要聯絡她。

看著這樣的她，我不由得喃喃自語：

「……真好。」

那實實在在就是我所期望的青春體現。

不會有人在非必要的情形下找她說話。

於是我體認到了。

體認到自己不是什麼開朗角色，就只是個……讓人看不下去的傢伙。

◆

啊～～……真不想回去啊。

我垂頭喪氣，踩著沉重的腳步離開了校舍。

今天只上半天課，所以太陽還發出燦爛的光輝。

大家多半還在教室裡聊得很開心、很熱絡吧。

不然就是還找了間家庭餐廳之類的地方繼續聊。

也罷……那是個離我很遙遠的世界。

我這樣嘆氣……

一邊從口袋裡拿出一個鑰匙圈。

——結奈。

看到她天真無邪的笑容，讓我不由得微微揚起嘴角。

咖啡色的雙馬尾，配上小巧可愛的嘴脣。

我覺得世界變太平了。

覺得景氣回升了。

結奈果然……是神啊。

「如果一定要結婚，真希望和結奈結婚……」

我不是開玩笑，是真心這麼想。

這款社群遊戲上市時，是我國三那年的冬天。

《Love Idol Dream！Alice Stage☆》。

將近一百名叫作「愛麗絲偶像」的角色全都配上了全程語音。

活動也是琳瑯滿目。

定期舉辦的人氣投票中，獲得前幾名的角色將會追加特殊劇情。

另外所有「愛麗絲偶像」的名字都和聲優名一致，也是一大特徵。

結奈　CV：和泉結奈。　蘭夢　CV：紫之宮蘭夢　……大概就像這樣。

這似乎是製作方有想推銷新人聲優的意圖，還另外開了由聲優輪流擔任主持人的網路廣播。

我開始徹底沉迷在這種大企業出的社群遊戲……是在我因慘痛失戀而拒絕上學，把自己關在

家裡好幾天時的事。

『結奈會一～～直陪在你身邊！所～～以～～……我們一起歡笑吧？』

抽到她的瞬間，我為她神魂顛倒。

為她的說話聲，為她的表情，為她的氣氛，為她的一切。

如果不是當時遇見了結奈，我的繭居生活大概不會只有一週。

……坦白說，從那次事件以來，我就很怕跟三次元女生談戀愛。

因為不管我多麼喜歡對方，對方的心意都像遊戲一樣讓我搞不懂。

也許會受到傷害。相反地，也許會傷害到對方。

與其這樣，我寧可一輩子——只看著結奈。

二次元不會背叛我。

當然我無法在現實世界跟她交往，可是……與其受傷或是傷害別人，我寧可全力想著畫面裡的她。

所以我——想像和結奈結婚的情形。

結奈穿上了白色結婚禮服。

由於束腰把腰部收得更緊，讓她原本就豐滿的胸部顯眼得令人吃驚。

然後，她甩動自己的註冊商標般的咖啡色雙馬尾。

一雙大眼睛水汪汪。

貓一樣可愛的嘴慢慢湊近——

「……嗯？」

完全進入妄想之旅的我忽然回過神來。

因為眼前有一名踮起腳尖站著的奇妙女子。

她……是我在教室看到的那個「空氣」女生。

她朝著行道樹伸出不斷顫抖的手臂。

她這麼拚命伸手，到底是為了什麼？

「……噢，那個啊？」

一個粉紅色信封卡在行道樹的樹梢。

不知道是不是被風吹上去的，只見她拚了命想去拿。

我不知道是什麼東西驅使舉止有如「空氣」的她如此急切，不過……

「來。」

我走向她身旁，輕輕拿下掛在樹梢的信封。

「咦？」

她似乎被突然冒出來的我嚇了一跳，連連倒退。

她個子嬌小，比我矮了兩顆頭左右。

「妳很傷腦筋吧？而且我又比較高。」

「咦？啊，呃……」

我不想跟她有太深的交集，冷漠地遞出信封。

「——謝謝。」

她看著這樣的我，瞇起了眼睛。

「這個……是非常重要的東西。」

花朵綻放般的爽朗笑容。

通透的美妙嗓音。

就像是遊戲中的場面。

「啊，哪……哪裡……那……那個……嗯。」

我發現自己忍不住看得出神，慌忙地搖了搖頭。

「那……那……我趕時間。」

我趕緊想起結奈的臉，為的是揮開她的笑容。

因為對方是三次元。

因為我已經決定只對二次元抱持興趣。

接著我快步——離開了現場。

◆

——我明明應該快步離開了現場。

「……呃。」

「奇、奇怪了……？」

當我在自己家門前回頭，卻仍然看得見她的身影。

只見她的馬尾隨風飄動。

儘管如此，她仍珍重地緊緊握住信封。

她不安地微微歪頭，低聲說：

「為……為什麼，你會在這裡……？」

「不不不，這裡是我家啊。」

當我們在這無以言喻的氣氛當中對望。

我家的玄關大門喀嚓一聲打開了。

「哥，你很吵。」

一頭鬆軟的黑色短髮，瀏海下露出的眼神很犀利。

T恤上面披著牛仔外套。

短褲底下露出的腿又白又長。

沒有一丁點女生特有的肉感，臉孔也長得很中性，所以常被誤認為「美少年」就是了。

她是佐方那由——今年升國中二年級的我的妹妹。

「你很慢耶，我等得都不耐煩了。」

「有什麼辦法？我放學回家啊。」

「囉唆。」

那由手仍插在口袋裡，狠狠瞪向我。

接著重重嘆了一口氣。

「想也知道你又在妄想那個角色了吧。我真的無法。」

「什麼叫作無法！結奈她是人類的夢想啊！」

「而且你還拿不能打社群遊戲會很傷腦筋這樣的理由，自己一個人留在日本。」

「對，這是當然的義務。」

「就是因為哥你社會適應不良，爸才會多管閒事，然後被波及的就是做妹妹的我。真的有夠離譜。」

「請……請問！」

我們吵得正熱絡，那個「空氣」女生從旁出了聲。

「呃，請問你說的結奈，是《愛麗絲偶像站》裡，由『和泉結奈』配音的結奈嗎？」

「妳知道她？」

「啊，呃……請問，你喜歡結奈嗎？」

「喜歡。我最喜歡她了。」

我有點搶話似的回答了。那由咂嘴。

接著她——難為情地笑了笑。

「是這樣啊……非常謝謝你。」

「謝我？」

「啊，是。因為我就是『和泉結奈』。」

什麼？

她在說什麼啊？

「啊……原來。妳是說妳跟她同名同姓？也是啦，這也不是特別罕見的名字……」

「啊，不是的，我的本名是綿苗結花……」

「綿苗結花？」

這次換那由露出狐疑的表情。

然後忿忿地「呿」了一聲。

「噢……這樣啊。哥，恭喜你結婚。那我回去了。」

「啥！慢著慢著！妳不是要替我引見老爸決定的結婚對象嗎！」

「呃，人都見到啦。」

「……咦？」

我不經意地抬頭。

眼前站著這個報上的姓名叫綿苗結花，綁著馬尾，戴著眼鏡的同班同學。

——咦？這也就是說？

「綿苗結花。她就是爸那個主顧的女兒……也就是你的結婚對象。」

「幸……幸會，我是綿苗結花。呃……首先，謝謝你支持我。」

她朝向止不住動搖的我……

說出了不得了的話。

「還是要說一聲，我身為聲優『和泉結奈』——在當『愛站』的結奈。」

——如果一定要結婚，真希望和結奈結婚。

我的確許過這樣的願望啦。

但裡面的人不算。可能也有人有這樣的興趣，但我沒有。

因為，裡面的人——是三次元女生。

「是嗎？順便說，我哥也是一個人住。」

「對，我家老爸調任海外，然後這丫頭也跟著過去……」

「不過眼前就先請妳搬過來，這樣行嗎，小結？」

「慢著慢著。」

我制止突然開始做結論的那由。

「妳為什麼想擅自決定她要搬家？」

「啥？你想想，我們家比較大吧？而且既然要結婚，就要同居。有什麼問題嗎？」

「我在電話裡不也說過嗎？我和對方都是高中生，法律上不能結婚。」

「就是搞所謂事實婚姻吧。而且雙方家長也都同意了。」

「就算外圍都打點好了，當事人之間可沒接受。」

「這你去找爸說吧，我才不管。」

那由露骨地露出不悅的表情。

不過那由說得也對，這不是她決定的，找她說也不是辦法。

「我說啊……那由。」

那我還是無法不說，喃喃說起：

「我啊，已經決定不和三次元談戀愛，這妳不是知道嗎？」

「爸離婚，讓你對結婚沒辦法懷抱夢想。國三被甩以後，變得只對二次元有興趣。我聽到耳朵都要長繭了。」

看到老爸和媽離婚，消沉得令人懷疑他是不是要死了，讓我知道結婚的末路就是地獄。

接著在國三那件事的觸發下，我下定決心只愛不會受傷也不會傷害別人的二次元。

這就是我——佐方遊一。

「唉……平常明明都說什麼想跟那個角色『結婚』啦，想『讓她幸福』啦。」

「那由，不是那個角色，是結奈。好好叫人家的名字。」

「哇……該吐槽的點是那裡嗎？」

那由以不敢領教的表情看著我，嘆了一口氣。

「也好，只要組合起來，平面也可以變成立體。只要想成二次元搞了個什麼合體，對結婚應該也能習慣吧？雖然我是不管。」

「妳這什麼神奇理論？完全莫名其妙。」

「哥你平常說話也莫名其妙吧。算了，沒關係啦。你就好好享受你的現實老婆吧。呿！」

「就說妳到底在生什麼氣啦？」

那由並不回答我的問題。

她仍然背對我，說道：

「好，這件事談完了，之後就請兩位年輕人慢慢聊吧。那我走啦，哥……你就去死在幸福裡吧。」

「叫我去死？妳這什麼最高規格的暴言！」

那由就這麼不容分說地結束了談話。

也不顧我的阻止，迅速走出家門。

◆

——敬啟者，那由小姐。順頌時綏。

從妳離開過了一個小時，室內依然鴉雀無聲。

「…………」

「…………」

我和綿苗同學互相撇開視線，卻連從椅子上起身都做不到。

情形好尷尬好尷尬，讓我都發抖了……

——話雖如此。

總不能沒完沒了地一直維持這種膠著狀態。

我清了清嗓子，視線轉向綿苗同學。

加油啊，遊一。

「我說，綿苗同學。我……是個陰沉角色啊。」

「……什麼？」

為了往未來前進而說出的一句消極的話。

綿苗同學歪頭納悶，但我不管，繼續說下去。

「所以我沒有什麼可以跟女生聊得開心的話題。我不知道哪間店有好吃的甜點，而且覺得珍珠和心太（註：從紅藻類煮出寒天質後凝固製成，透明軟Q，通常會做成麵條狀食用）明明一樣，也不知道J Soul Brothers現在第幾代了。我只有動畫、漫畫和遊戲的話題可以聊，會受女生歡迎的話題……我一個都沒有。」

我說到一半，說話速度變得有點匆促，連我都受不了自己。

可是無所謂，要受不了我還是怎樣都好。

這樣就解散，結婚這件事談完了。

這樣最不會傷害到任何人。

唉……話說回來，對於圖謀安排這種結婚的老爸，我真的想詛咒他的子子孫孫到末代。

啊，可是詛咒爸媽的子孫，就等於詛咒自己啊。

正當我想著這些沒營養的事情——

「——請……請問，你最近推的女角是誰？」

「…………什麼？」

綿苗同學肩膀顫抖，用力閉上眼睛。

意想不到的這句話，讓我不由得發出愣住的疑問聲。

接著，我把腦細胞打到最高檔，適切地解釋了她這句話。

「……哪個48，什麼什麼坂道的，我可不知道喔。」

「我也分辨不出一團四十人以上的偶像長相！」

咦？

這年頭的女生講到「女角」，我還以為是指三次元偶像團體。

綿苗同學傻眼地看著我，噘起了嘴脣。

「我是問你最近推的女角。剛剛你不是說了？如果是動畫、漫畫或遊戲，你就有話題聊。」

「妳聽了答案，是打算拿我怎麼樣？」

「……請問你覺得我會拿你怎麼樣？」

「壺、畫，或是保健食品吧。」

「為什麼前提是我要賣東西給你！我純粹只是！想問你的興趣！」

「什麼都不賣？那不然是怎樣，要放到社群網站上取笑，拿去跟朋友聊……」

「啊～夠了！請問你的思考回路是要多扭曲！」

綿苗同學起初口氣還戰戰兢兢，但你一言我一語地爭下來，聲音的電壓也逐漸上升。到最後，她深深嘆了一口氣。

「……順便說一下，我是四女派。她很有活力，但又懷抱著黑暗面，你不覺得這是最強的萌點嗎？」

「————！四……女……？」

聽到這句話，我想沒有一個御宅族會反應不過來。

「綿、綿苗同學，妳說的該不會是……《除以五的未婚妻》？」

「我從剛才就這麼說了……」

「我是三女派！我就是很萌耳機啊。」

我打斷噘著嘴的綿苗同學說到一半的話，喊了出來。

綿苗同學一瞬間張大了嘴看著這樣的我……然後嘻嘻一笑。

「呵呵……你這興趣好小眾喔。」

「妳不覺得戴耳機的女生很萌嗎？該說是特意把平常會露出來的耳朵遮起來，反而增加了悖德感嗎？」

「那麼，你是喜歡穿衣服不要太暴露的？」

「唔……這、這大概要看時間和場合吧……有些作品我也會喜歡比較暴露的角色……」

「咦～～？跟剛剛說的不一樣～～」

「綿……綿苗自己就沒有比較小眾的興趣嗎？」

「咦，我、我又沒有……」

「啊，看妳這反應肯定是有吧。綿苗同學一臉乖巧的模樣，沒想到……」

「你、你在想像什麼啊！才不是！我的興趣很健全！」

「那麼，是什麼？」

「唔～～……這很難解釋。穿襯衫的時候，不是都會留著最上面的鈕釦不扣嗎？因為會勒得脖子很難受。」

「的確。如果不是打領帶，都不會扣著吧。」

「對！那麼，如果也沒打領帶，鈕釦卻扣到最上面……如何？」

「……什麼如何？」

「你想想，那不是很萌嗎！該說是特意把平常會露出來的鎖骨跟脖子遮起來，反而增加了悖德感嗎！」

「妳這興趣也太小眾了吧。」

「咦～～！我覺得沒有你的戀耳機癖嚴重！」

「不，戀頸部鈕釦癖才不妙吧？」

「真是的～～」

綿苗鼓起臉頰對假裝受不了的我抗議。

忽然間我們四目相對，兩人都不由得大笑。

接下來好一會兒，我們就這麼一心一意地大聊御宅族話題，聊得不亦樂乎。

◆

然後過了大概一小時吧。

我漸漸覺得口渴，一口氣喝光重泡的茶。

「喔～～喝得好豪邁啊。」

「沒有啦……因為平常我不會說這麼多話。」

平常的我在家只會自言自語，在學校也只說最低限度不能不說的話。

真沒想到我會對阿雅以外的人，一開口就幾乎沒停過……

「這也許是我第一次遇到這麼聊得來的人。」

綿苗同學重新綁好馬尾，靦腆地一笑。

她這不設防的舉止讓我不由得心動。

「啊，對了。我想看你的房間，想知道有些什麼樣的漫畫。」

「不行。」

我刻不容緩地用雙手在胸前比了個叉。

房間太不妙了。

不管聊興趣聊得多開心……要讓異性進我那個房間實在太不妙。

「咦～～！為什麼不行？」

「房間又不是用來給人看的。」

「不用擔心，畢竟我也是御宅族。男生喜歡那種東西的這件事……那個，我也懂。可是，彼此間還是會弄得尷尬，所以……我不會盯著看。」

「妳在說什麼？話先說在前面，我可不是指十八禁的事情！」

「咦，是這樣嗎？」

妳把我的房間當什麼了。

「不是這種事情……綿苗同學，因為妳是結奈。」

「我是『小結』！」

「不是啦！妳不是『和泉結奈』嗎？」

我稍微冷靜下來思考。

沒錯，綿苗結花同學──是和泉結奈。

是《愛站》中結奈的聲音。

「我的確是和泉結奈，我負責演『結奈』。我有自信，全世界最了解結奈的就是我。可是，這和不讓我看你的房間有什麼關係──」

「……全世界，最了解？」

綿苗同學發言中的一部分莫名讓我非常耿耿於懷。

「我倒是覺得我比較清楚結奈。」

「咦，你要追問的是這一點？而且你要知道，我就是結奈本人耶。全世界就屬我最了解結奈，也最愛結奈。」

「真希望妳不要小看我對結奈的愛。」

連我自己也明白，我在賭氣。

可是，只有這一點我不能退讓。

不被別人傷害，也不傷害別人。

對為此決定只愛二次元的我而言——結奈就是我的一切。

「既然妳這麼堅持，我就讓妳見識見識我的房間。讓妳見識見識把一切都獻給了結奈的……男子漢的房間！」

幾分鐘後。

我下定決心，打開了房間的門。

窗簾的縫隙間射進橘紅色的夕陽光。

遠方傳來烏鴉的叫聲。

就在這平靜的傍晚時分，綿苗同學踏入的這個房間裡。

——琳瑯滿目地擺滿了各式各樣結奈的周邊。

我感受到身旁的綿苗同學倒抽一口氣。

「好厲害。胸針、鑰匙圈……連模型都有。」

「模型是限量生產的，我當天就申請買下了。」

「啊，這是廣播節目的。」

「沒錯。《愛站》的手鋪巾！我買了五條。」

「咦？這是《愛站》的海報……」

「…………對、對啊。」

「這是入選神十一的角色才會發售的海報。」

「這海報很棒吧！」

「呃～～結奈的人氣還不是那麼高，所以沒能入選這樣的海報耶。」

「我知道我知道！可是她這種情形我也很喜歡！」

「但是，這海報上……就是結奈吧？」

「…………是、是啊。」

聽到這句直指核心的話，我也只能垂頭喪氣。

「因為對我來說，結奈是獨一無二的。所以，我去把網路上找到的圖印出來，巧妙地加工一下……」

「真虧你能做得這麼好……混在裡面幾乎完全不顯突兀，讓我嚇了一跳……」

嗯，連我自己都覺得我這個人很恐怖。

雖然這是為了結奈，我並不後悔。

綿苗同學朝這樣的我瞥了一眼，嘆了一口氣。

然後——

「結奈會一～直陪在你身邊！所～～以～～……我們一起歡笑吧？」

「————咦！」

我全身一震，看向綿苗同學。

「剛……剛剛！我聽見結奈在說話！」

「就說結奈的語音就是我配的了！」

綿苗同學推了一下眼鏡，說得有些得意。

「這句台詞真的很棒呢。對結奈來說是第一句台詞……也是我最喜歡的台詞。」

「……我也是。不管什麼樣的結奈我都喜歡，但這句台詞我真的特別喜歡。因為不管我多麼難受，多麼消沉……這句話都會給我站起來的勇氣。」

當我被絕望擊垮，把自己關在房間的那一天。

讓我奮起的——就是這句真的真的很重要的話。

看到這樣的我，綿苗同學輕輕一笑。

「你說你是我的粉絲，所以剛剛那是給你一點優待。而且……我差不多要告辭了。」

綿苗同學的表情漸漸黯淡。

看到她的表情——我恍然大悟。

「是啊。畢竟是彼此的家長決定的結婚……在這年頭實在有點……」

「嗯。雖然和你說話很開心……」

「這我也一樣。不過，要結婚……終究……」

的確，她是全世界最接近結奈的人。

但她不是結奈，終究是綿苗結花同學。

裡面的人不是二次元角色——是三次元的人。

爸媽離婚讓我對結婚無法懷抱夢想。

對因為過往慘痛的遭遇，害怕在沒有攻略本的三次元談戀愛的我來說——

要我跟她結婚——是強人所難。

綿苗同學是個非常好的人。跟她聊過，讓我有了這樣的想法。

正因為這樣，我希望她能找到更好的對象……得到幸福。

「這是我們最後一次這樣談話。謝謝妳生下結奈，妳真的——是我的救命恩人。」

「怎麼會……你會不會太誇張了？」

「一點都不誇張。我由衷愛著結奈，每天我都會看她的照片好幾次，從中得到活力，而且粉絲信我也不知道寄多少封了。」

我一邊說一邊忍不住苦笑。

對角色裡面的人而言，聽人這樣說大概也只會覺得噁心吧。

就是因為這些無心的話也可能會傷害到別人——我才會害怕和三次元的女生互動。

「……粉絲信，我收到可是非常高興喔。」

綿苗同學卻一反我的這種恐懼，露出看向遠方的眼神並把手伸進腰包。

她拿出來的是我剛才從樹梢拿下的粉紅色信封。

綿苗同學視線落到信封上，露出眼睛都瞇起來的微笑。

「剛才你幫我拿的這個——是結奈最死忠的粉絲寄來的很重要的信。這個人，寄了好多封好多封粉絲信來，多虧了他，我才能有那麼多笑容。」

「這樣啊……所以妳才能那麼拚命啊。」

在這網路全盛期。

大多數人都只會傳郵件解決，卻特地寄實體信……這個人還真傳統。

雖然不知道他是誰，但大概跟我很合得來。

「順便問一下，你的筆名是什麼？」

綿苗同學以閃亮的眼神朝我看過來。

「你說的粉絲信，一定是電子郵件吧？就算是電子郵件，寄了很多信給我的人叫什麼名字，我都會好好記住！因為每個人都是我重要的粉絲！」

「啊，不、不是……我不是寄電子郵件。」

我被亢奮起來的綿苗同學震懾住，戰戰兢兢地說出筆名。

「我的筆名是『談戀愛的死神』。我覺得用電子郵件會顯得心意不夠，所以每次都是寄實體信啦——」

「『談戀愛的死神』！」

綿苗同學一雙大眼睜得更圓了。

她震驚過度，粉紅色信封緩緩飄落。

上面寫的寄件人名字是——

——「談戀愛的死神」。

多多關照！」

「……妳說什麼？」

出乎意料的情勢演變讓我的腦袋一瞬間當機。

「嗯～～可是，總覺得這樣還不夠啊。是什麼地方不行呢……啊啊，敬語！也許是因為講敬語才會有點怪怪的！」

「啊，嗯……我們是同班同學，不必講敬語啦。」

「好的，那就用平輩間的口語。畢竟我們是夫妻，年紀也一樣，講敬語就太見外了嘛！」

「呃，呃……綿苗同學？」

「啊～～稱呼！我想想喔……」

綿苗同學以毫不間斷的節奏說個不停。

「叫我『結花』就好！夫妻之間還用姓氏來叫，總是很奇怪嘛！」

「我、我說……」

「那麼，我也稱佐方同學為『小遊』嘍！還有，要讓我們像一對夫妻，得要有些──」

「我、我說！」

我稍微大聲了些，打斷說個不停的綿苗同學。

結果綿苗同學一瞬間睜圓了眼睛——隨即像別人家寄放的貓一樣安靜下來，坐到沙發上。

「抱歉……我太多話了。」

「不會，這無所謂吧。只是看妳好亢奮……」

「我從以前社交障礙就很嚴重。一想到非得說些什麼，常常就會說太多，一個人空轉……」

看到綿苗同學沮喪，我有那麼一點點——心動。

因為剛才說個不停的綿苗同學……就像結奈一樣。

活力充沛又少根筋的國中生愛麗絲偶像結奈。

開朗又起勁地找我說話。

有時又會有點像小惡魔來捉弄我。

但我一捉弄回去，又會非常靦腆。

就像萬花筒一樣，表情千變萬化的結奈——我最喜歡了。

「我太多話了吧，真的好糟……」

綿苗在如此妄想的我身邊垂頭喪氣。

「和妳在學校的印象挺不一樣啊。」

「我在學校就相反，會極力不說話來避免弄成這樣。我又不想讓大家覺得我太多話，是個怪女生。不能不說的話我會努力說，但就是因為我都這樣，大家也不太會來找我說話。」

「啊～～……這我很懂。」

不會有人無謂地來找我說話。

就像空氣一樣穿過大家。

度過太平的日子。

這就是在學校時的綿苗結花同學。

「然後，佐方……不對，小遊。」

綿苗同學做了大大的深呼吸，笑咪咪地說：

「可以請你──跟我結婚嗎？」

「不行。」

儘管覺得過意不去，我還是立刻表明拒絕的意思。

「咦咦！為什麼！」

綿苗同學似乎對此不滿，出聲抗議。

「我，和泉結奈，是結奈獨一無二的表演者。家長決定的結婚對象，竟然碰巧就是角色裡面的人──這種機會可是千載難逢！不，應該說也就只有我了吧！」

「嗯。可是……裡面的人，是『人』。」

我低聲說著。

「我的確是全世界最喜歡結奈的人，而妳是唯一擁有她聲音的人——和泉結奈。可是，因為這樣就要說妳們兩個相等……我覺得不是這樣。」

接著我自嘲似的笑了。

「妳的心意讓我很高興，真的，畢竟這還是第一次有女生對我表白。可是，我——我已經決定再也不和三次元女生談戀愛了。因為現實中的戀愛，就是會讓人受到傷害，就是會……傷害到別人。」

綿苗同學的表情迅速轉為黯淡。

總覺得我在這樣的她身上——看到了當時的自己。

啊啊，就是這個。

一旦互相暴露出感情，就有可能會互相傷害。

這就是三次元的戀愛——而我就是害怕這個。

「……真的，很對不起。妳沒有任何地方不好，就只是我太膽小……所以——」

「——起初，我也打算這樣的結婚，我一定要拒絕。」

就在這個時候。

綿苗同學的表情忽然變和緩。

接著，她的手指在粉絲信的寄件人——「談戀愛的死神」這幾個字上輕輕撫過。

「我啊，一直很看重『談戀愛的死神』。」

綿苗同學滿懷疼惜地喚著這個中二病全開的名字。

「我為結奈配音，不管是配得很差，一天到晚配不好的那個時候；還是被高層罵，在家哭的時候，不管什麼時候——『談戀愛的死神』都寄了好多好多粉絲信給我。」

「多到噁心吧。」

「才不會噁心呢。『談戀愛的死神』絕不會說傷害我的話，不管什麼時候，他都支持我，鼓勵我。能夠覺得『啊啊，有人願意看著我』……真不知道這件事給了我多大的支持。」

綿苗同學的表情平靜、溫和又無邪。

就好像——結奈一樣。

「我的這種心靈支柱竟然會出現在我眼前——我作夢也沒想到。而且這個人不是因為我是『結奈』才對我好，當他看到我這個連話都沒說過的同班同學在路邊遇到困難，就一臉理所當然的表情幫助了我。」

「不，那點小事是當然的……」

「不是的。小遊你對人很好，實實在在就是我所想像的『談戀愛的死神』。所以我……改變

我調整呼吸，仔細看著綿苗同學。

綿苗同學用清澈的眼神直視這樣的我。

「即使我拒絕這次婚事，我老爸是個呆子，說不定還是會找第二個、第三個結婚對象來。」

「……嗯。」

「到時候，對象還是結奈裡面的人這樣的可能性——非常低。」

「哪是低，根本就沒有！是0%！結奈裡面的人，就只有我一個！」

「對。然後如果來了一個平凡的三次元女生，我會毫不猶豫地拒絕。接著老爸又會送來新的刺客，我毫不猶豫拒絕。重複這樣的事情……老實說，很麻煩。」

「對吧？這樣的機會錯過就不會再有喔～現在買最划算喔～～」

她好像開始推銷了。

和待在學校時不同，私底下的她還挺開朗，有點傻氣……

總覺得——跟結奈很像。

「哎，就先試試看吧。之後的事情……再想就好了。」

「嗯。畢竟我們也還不到可以辦結婚登記的年齡。首先——就從未婚夫妻起步吧！」

說著她靦腆地笑了。

我也忍不住跟著笑。

「就算妳後悔，我也不管喔。」

「我不會讓你後悔，你做好心理準備吧。」

「那……今後的同居生活，要請妳多關照了，小結。」

「嗯，小女子不才……還請多關照了，小遊。」

於是我和小結暫且成了未婚夫妻。

雖然有人說結婚是人生的墳場。

但眼前我打算在不會死的程度內……努力看看。

第4話 【壞消息】我們的婚約，就要穿幫了

「嗯……」

我揉著惺忪的睡眼走出房間，下了樓梯。

咦？怎麼聽見廚房傳來聲響……

我昏昏沉沉的腦袋正想著這些。

「啊，早啊～～小遊！謝謝你借我那由的房間睡。」

眼前站著一個穿著學校制服襯衫的女生。

一頭亮麗的黑髮披到肩胛骨左右的高度。

一雙眼睛又大又圓，眼角略垂。

身材苗條，但該凸的地方凸，該收的地方收。

「啊……嗯。早啊，小結。」

要認知這個人就是我的同班同學綿苗結花，花了我一點時間。

小結眼尖地注意到我的情形，噘起了嘴唇。

「等等，你剛剛反應是不是慢了半拍～～？」

「呃，因為妳跟在學校的感覺不一樣，我一瞬間沒認出妳。」

「噢，因為髮型和眼鏡吧？就是說啊，氣氛的確可能不太一樣。」

小結嘿嘿笑了一下，挺起胸膛，戴上眼鏡。

然後左手拖起一頭長髮，右手迅速繞上髮圈。

啊，是在學校時的「綿苗同學」。

雖然頭髮綁成馬尾的影響也很大。

但她沒戴眼鏡時眼角有點下垂，一戴上卻變成像是上揚。

「好猛……印象整個變了。」

「對吧？因為眼鏡是我的『拘束具』。」

小結說完，又嘿嘿笑了一下挺起胸膛。

看到她這樣，我的反應是——

「三次元女生，好可怕……」

「可怕？為什麼！」

「能這樣瞬間改變整個人給人的感覺，除了可怕還能有什麼感想……又不是魯邦三世。」

「有在化妝的女生變更多吧～～」

「啊啊……到了那個程度，根本是恐怖片了。是妖怪啊。」

看到我對三次元女生變化自如的情形感到害怕，小結嘆了一口氣。

「你想想，我一說話，不就會變得挺有社交障礙？所以我才會戴上眼鏡，讓自己看起來正經八百。要遮掩社交障礙，就要從正經八百做起。也就是用眼鏡的力量，變形成聰明又難以接近的『綿苗同學』。」

「顯得聰明……也是啦，感覺是比沒有眼鏡的時候聰明啦。」

她說的話，我也不是不懂。

對於像這樣巧妙保持與他人的距離感，我能夠毫無抗拒地有所共鳴。

說來說去，我們可能……還挺像的。

而我們一起走出了家門。

「未來的夫妻一起上學——總有種悖德的感覺呢。」

小結自己說出口，似乎也覺得不好意思，瞇起眼睛笑了笑。

她臉上柔和的表情確實和在班上看到的「綿苗同學」不一樣。

「我說，我們是未婚夫妻這件事，在班上可千萬要保密啊。」

「……？為什麼？」

小結似乎完全沒想過這件事，睜圓了眼睛。

我一邊調整步調配合小結一邊叮嚀：

「要是在不好的方面引人注目，不就可能會弄得全班都來招惹嗎？到時候就和現在不一樣，全班都會來找妳說話了喔。」

「唔……這我還真有點討厭。」

「還有，妳是聲優，我覺得本來就該自重。」

聲優結婚是非常敏感的話題，小心點總是好的。真的。

「知道了！我會努力假裝是普通的同班同學！可是……我很不會拿捏分寸，所以如果不小心對你擺出冷漠的態度，那就抱歉了喔。」

「不，我想我也只能做出客套話程度的反應。」

理由並非只有這一點就是了。

我們在昨晚就先交換了ＲＩＮＥ碼。

ＲＩＮＥ。

是一款可以免費傳訊息或通話，相當普及的社交ＡＰＰ。

我想高中生大概沒有人不用吧。

連我都好歹有加入班上的ＲＩＮＥ群組，雖然除此之外也就只加了老爸和妹妹。

而上面新增的一個——就是未婚妻。

「…………什麼事？」

「就是昨天的功課，會不會太難了點？我根本就看不懂上面寫了什麼，完全不會寫。綿苗同學，那些妳會嗎？」

「會。」

「是喔，好厲害～～！綿苗同學腦筋好好喔。那麼，這題可不可以教我？」

「不要。」

「咦～～為什麼～～？」

「我不擅長教人。」

「……啊，嗯。」

——好生硬！

剛剛那些像是ＡＩ手機助理的對答是怎麼回事？

連抑揚頓挫也沒有，更加重了那種「ＯＫ，ｇｏｏ◯ｌｅ！」的感覺。

而且，表情也毫無變化。

她說過「眼鏡是拘束具」，但拘束過頭，根本成了另一個人。

昨天她和我大聊動畫聊得那麼熱絡時的笑容，跑哪兒去了？

而且，真虧她這樣還有辦法演結奈啊……

「我說遊一……你眼裡看到的結奈公主，是用什麼樣的表情在笑？」

「我才看不到啦，白痴。」

這傢伙一臉嚴肅地在講什麼鬼話啊。

話說回來，啟人疑竇也會很麻煩。

我暫時把視線從小結身上移開，轉換心情——正準備和阿雅閒聊幾句。

手機忽然震動——收到ＲＩＮＥ的通知。

『小遊，你在學校給人的印象就不一樣呢。我覺得這樣也有這樣的帥氣！』

「——噗！」

「嗯？遊一，你怎麼啦？」

「啊，沒有……沒什麼。」

我忍不住噗嗤笑出來，但眼前還是先收起笑容。

我慢慢抬起頭。

結果看到的——是面無表情，以眼鏡底下犀利的眼神看著我的小結。

看起來完全是在瞪我。

如果被不認識的人這樣看，只會覺得恐怖。

「……嗯？綿苗同學怎麼好像在看我們這邊？」

「咦？有……有嗎？」

喂，被阿雅注意到啦！

我趕緊連連眨眼，想對小結使眼色。

——震動震動♪

『你為什麼一直眨眼睛？你還好嗎？需不需要眼藥水？』

不對，不是這個意思！

「喂、喂，遊一……怎麼綿苗同學的表情變好凶……我心中這種億萬騷動是怎麼回事……」

我趕緊把視線從手機畫面上抬起。

看見的是背負著一團陰影似的小結。

這只是猜測……她的表情大概是因為擔心我吧。

雖然看在旁人眼裡，表情像是要殺人。

我小心不讓阿雅發現，用ＲＩＮＥ送出一行簡短的訊息。

『不太看』。

——震動震動♪

『咦，不太看得見！是不是眼疾！得去醫院才行，我好擔心！』

不對，不是這樣！

「佐方同學。」

我內心還七上八下。

不知不覺間，小結已經來到我身旁。

阿雅以充滿好奇的眼神等著看我們會有什麼互動。

啊～～……看這情勢，事情很快就會被班上同學知道了。完了完了。

會被人在黑板上畫上愛情傘，寫上我們的名字取笑嗎？

會每次在課堂上一發言，同學就吹起令人不快的口哨起鬨？

我的心受到這樣的絕望支配。

小結朝著這樣的我，以斬釘截鐵的口氣——說了。

「……有病不會去醫院？」

——一陣鴉雀無聲。

周遭的氣氛一瞬間凍結。

小結轉身背對我，回到自己的座位上。

「喂……喂，遊一？你對綿苗同學做了什麼啦？」

「沒……沒有，我什麼都沒做啊……」

「什麼都沒做，她會叫你有病要去醫院嗎！她那是真的生氣吧，是認定你這個人腦袋有問題吧！你是被下了什麼會被三次元討厭的詛咒嗎？」

「你多管閒事。」

說著說著——又是一陣震動。

手機在我的手掌中震動，通知我收到ＲＩＮＥ訊息。

『我很擔心你耶，趕快去看一下眼科比較好吧？要不要我陪你一起去？』

我只急忙回了一句：『我沒事，謝謝。』

「遊一，你怎麼還在悠哉地滑手機？這可是這種事情啊！」

「哪種事情啦……」

我慢慢把手機收進口袋，嘆了一口氣。

綿苗結花——的確就如她自己所說。

不管話太多還是話太少，都是極端的社交障礙。

她本來大概是想表達她的擔憂，也就是：「你最好去醫院看個診喔。」

但旁人完全解釋為：「去醫院看看腦袋吧。」

不過也好，我們是未婚夫妻這件事並未穿幫，所以結果算是好的。

對班上同學來說，綿苗結花應該是個「不好親近的孤僻的人」。

然而，就只有我。

無論是這種「外人面前的綿苗結花」——

還是聲優「和泉結奈」，或配音的「結奈」——

以及——在家表現出真實一面的「小結」——

我全都知道。

就只有我……都知道。

我朝小結一瞥。

表情僵硬的小結有那麼一瞬間——微笑了。

相信班上任何人都並未察覺她剛剛的表情。

一想到這裡，就有那麼一點點……像是開心的感覺。

「喂，遊一！綿苗同學又在看你啦……我看你平常最好檢點一些吧？我說真的。」

嗯，更正。

這會讓我不知道該怎麼應付才好，所以麻煩妳自重——算我求妳。

第5話　大家都怎麼稱呼未婚夫妻？

從學校到家，大約是徒步十五分鐘的距離。

走了一會兒，過了路口後，沒多遠就有一個往右的轉角。

過去我不曾見到任何學生走這條路回家。

由於本來就很少人經過，我通常會一路到家，並不會遇見任何人。

正當我獨自走在這平靜的路上……

「——小遊～～！」

這多半是我第一次在這裡被人叫住。

而且叫的聲調還非常親暱。

我急忙回頭，看到小結喘著氣朝我揮手。

「稱呼，稱呼！這還在回家路上，大聲這樣叫有點……」

「啊，對不起！呃……因為我想趕快追上佐方同學嘛！」

呃，這不是換個叫法就好的問題。

第5話
大家都怎麼稱呼未婚夫妻？

「……妳應該有打算避免事情穿幫吧？」

「當然！因為都說了如果被大家取笑，或是影響到工作，那就傷腦筋了嘛！」

「沒錯吧？」

「……可是，用跑的追上去，然後一起回家……總覺得好讓人心動耶。」

「妳應該有打算避免事情穿幫吧？」

「當然！」

我忍不住嘆了口氣。

在我身旁天真地笑個不停的小結——完全不是班上的「綿苗結花」。

她本來應該以為自己已經在小心防範，但行動完全沒跟上啊。

不愧是結奈裡面的人——就跟她配音的角色一樣，是真正的少根筋。

◆

回到家後過了一會兒，搬家業者按了門鈴。

小結的行李被搬進直到去年還是那由在用的房間。

室內漸漸染上小結的色彩。

「嗯～～這個放在這邊，這個放那邊……」

業者回去之後，小結也繼續忙著整理自己的房間。

我不好意思盯著女生的房間看，於是獨自回到客廳。

許多尚未開封的紙箱隨手擺在室內。

——行李一搬進來……

就讓我心有戚戚焉地體認到從今天起就要過同居生活了。

「小遊，久等了～～」

想著想著，小結似乎整理完畢，探出頭來。

和在學校時不一樣，她的黑髮並未綁起，披到肩胛骨一帶。

一摘下眼鏡就顯得眼角下垂的眼睛。

小結一身水藍色連身裙翻起，笑得像隻幼犬。

「總覺得行李一搬進來就會切身體認到，從今天起我就要在這裡和小遊一起生活了呢。」

小結說著靦腆地低下頭。

我也變得有些難為情，不由得撇開目光。

桌上有兩個杯子。

一個是我平常用的黑色馬克杯。

另一個有著醒目的兔子角色——是小結的馬克杯。

「小遊。」

小結毫無徵兆就突然叫我的名字。

「怎麼了，小結？」

「小～～遊～～」

「妳這樣好像動物在叫耶……」

「……唔～～」

小結雙手抱胸，面有難色地歪頭思索起來。

不知道是什麼事，但似乎挺嚴肅。

「『小遊』、『小結』——未婚夫妻之間這樣稱呼，好嗎？」

「咦？沒什麼不好吧？」

「不是……像在動畫裡就有很多不同的叫法。我想到，找出最貼切的叫法應該挺有意義。」

我的腦袋還沒追上，結花已經雙手食指互碰，忸忸怩怩地說：

「呃～～……親……親愛的……」

只有我們兩人在的客廳變得鴉雀無聲。

小結的臉染紅了。

我覺得像是看到了什麼不該看的東西，不由得撇開目光。

「這……這也太難為情了吧……」

「那、那就——老公，之類的？」

我噗一聲，把嘴裡的茶都噴了出來。

「妳一臉正經在講什麼啊！這更難為情吧！」

「聽我說嘛，達令。」

「笨蛋情侶嗎？」

「這樣好冷漠喔……主人。」

「這已經是不同的意思了吧！」

小結起初還很難為情。

但似乎是聊著聊著愈來愈起勁。

又或者是聲優的血開始不安分了。

她的表演愈演愈烈——

「我——結花～～今天也會努力為主人效勞喵～～☆」

幾分鐘後。

可以看見一名說是「興起之下玩過火」，整個人趴到桌上不動的少女。

「真是的，妳太得意忘形才會這樣。」

「嗚嗚……好害羞……」

跟在學校時的落差大得厲害耶，怎麼看都不像是同一個人。

「試過這麼多種，滿意了嗎？」

「嗯～～……可是……」

妳都試成這樣了，還不滿意嗎？

「我覺得『小遊』就很好，因為這樣也很有特別的感覺。」

「——『小結』就……」

「嗯？」

「『小結』……就沒有特別感嘛。」

本以為結花在沮喪，她卻突然興奮地站起來。

接著用力朝我一指。

「女生裡面也有人這樣叫我，總覺得，好普通！」

「普通不行嗎？」

「不行！因為，我和小遊……將來要結婚。」

剛看她亢奮起來，現在又細聲細氣地皺起眉頭。

妳的表情一變再變，簡直像雲霄飛車啊。

根本不像裡面的人，而是結奈自己。

是個活力充沛又常耍笨的女生，總是先起勁做過頭，然後才沮喪。

唉～～……這樣不行啊。

這樣會讓我在她身上看到結奈的影子，所以一看到這種情形——我就會有種不能放著她不管的感覺。

「——『結花』。」

「咦！」

我以平靜的心情對睜圓了眼睛的結花說：

「叫結花，怎麼樣？有沒有一點特別的感覺？」

「啊、啊嗚！啊嗚啊嗚！」

結花像是患了失語症，以猛烈的速度連連點頭。

我看著這麼乖巧又有點少根筋的結花，出聲笑著說：

「那就這麼辦……請多關照，結花。」

「小遊。」

「嗯?」

「小遊小遊。」

「什麼事啊,結花?」

「我只是在叫~小遊,小遊,小遊……嘿嘿嘿!」

重複,再重複。

結花無謂地叫著我的名字,笑得十分開心。

就只是這樣的互動。

我卻覺得意外地——不壞。

「小遊小遊!小遊小遊!小遊?小遊~~!小、小遊……!」

「為什麼最後變成像是死掉了啦?」

這孩子就是有這個凡事都會做過火的小缺點啊。

第6話　朋友：「我老婆！」↑會不會太裝熟？

『結奈……還不想回去，因為今天真的非常開心。所以，我一輩子都不回去！這樣一來——就可以一～～直那麼開心了吧？』

「呼喔喔喔喔喔喔！這根本是神活動啊啊啊啊啊！」

一旁的阿雅發出怪聲鬼叫，讓我爆升的興奮感迅速沉靜下來。

阿雅對這樣的我看也不看一眼，一手拿著手機，跳起了神祕的舞步。

就像某種慶祝豐年的民族舞蹈。

「喂，遊一！你為什麼這麼冷淡！你推的結奈公主不是出活動了嗎～～～～！」

「是你太狂熱嚇到我啦。」

我們在阿雅的房間集合，各自開自己的《愛站》抽卡——這就是今天的目的。

而我抽到結奈的SSR卡，解鎖了特殊劇情。

內容全貌是這樣的。

我帶著愛面子的結奈在有很多刺激類遊樂設施的遊樂園約會。

她被有著全日本最快速度的雲霄飛車嚇得花容失色，卻還逞強說：「結、結奈又沒在怕！」

——就結果而言，是尖叫連連。

結奈一下雲霄飛車，也沒擦眼淚，就對我輕輕粉拳連打。

而我們就這麼享受約會時光到太陽下山，然後慢慢走向出口。

但結奈用力抓住我的衣角不放，由下往上看著我說：

「結奈……還不想回去，因為今天真的非常開心。所以，我一輩子都不回去！這樣一來——就可以一～～直那麼開心了吧？」

說得保守點，真是神劇情。

讓我覺得就此在遊樂園終老一生也無所謂。

結奈果然——能帶給我活力和笑容。

「結奈公主果然是我老婆啊！」

阿雅興奮得說出這樣的話。

所以我煩躁地瞪了他一眼。

「阿雅……你推的不是蘭夢嗎？」

「呼啊啊啊蘭夢大人啊啊啊。」

「不要退化成幼兒。」

「蘭夢她啊……是我的媽媽啊！然後，結奈公主是我老婆。」

「你知不知道自己有多噁啊……」

「少囉唆！我是為了愛站而活！別人怎麼想我才不管！」

從某個角度來看，這覺悟可真不得了。

讓我反過來……還是不覺得尊敬啊。

「總之，結奈不行，因為她……是我老婆。」

『——各位愛站迷大家好～～！我是負責為結奈配音的和泉結奈！』

就在這個時候。

我的手機畫面開始播放《愛站》的宣傳影片。

不是在學校時的黑髮馬尾……換成了蓬鬆的咖啡色長髮。

多半是為了營造角色形象和避免身分曝光，戴上了假髮吧。

第6話
朋友：「我老婆！」←會不會太裝熟？

服裝是粉紅色的短袖上衣配格紋迷你裙，穿黑色膝上襪。

大概是在服務粉絲……這和結奈穿的衣服一模一樣。

畫面中的不是綿苗結花。

是如假包換的——和泉結奈。

『大家玩愛站玩得開心嗎～～？』

「耶～～～～～～～～～！」

我先扁了在耳邊發出怪叫的阿雅一下。

然後聚精會神看著在畫面中活動的她。

『結奈天真爛漫，有點淘氣卻又少根筋，所以不靈光……就是這麼一個天真無邪的女生！』

和泉結奈始終帶著笑容說個不停。

『以後也要請大家多多支持了！不然，結奈……不會原諒你！』

宣傳影片消失，回到平常的社群遊戲畫面。

我卻整個人失魂落魄，拿著手機動彈不得。

「和泉結奈……可以推啊。」

阿雅喃喃說了這麼一句話。

「畢竟她才剛在愛站出道耶，而且跟我們一樣是高中生，一定是夢想成為聲優，用她小小的身體在努力……可是，她都不會忘記對大家笑咪咪，會不會太可愛了？」

「……是嗎？」

我視線亂飄，含糊其詞。

「相信她在聲優這方面有在努力啦。不過你不覺得這種女生會有兩面性嗎？」

「有什麼關係？這種落差我也愛死啦！」

「阿雅你的守備範圍也太大……不，和泉結奈還是勸你不要。絕對。」

「你為什麼這麼批判她？這樣我老婆也太可憐了吧！」

「誰是你老婆！那是我老婆！」

我話先說出口才趕緊摀住嘴。

不妙……我被阿雅的興奮帶動，忍不住說出了我跟她的關係……

「你、你……該不會……」

阿雅以前所未見的正經眼神看著我。

我冒出冷汗。

心臟怦怦直跳。

不、不妙……穿幫了嗎！

「在推和泉結奈嗎……！」

……呃，哪有可能？

冷靜想想，怎麼可能有人覺得平凡的高中生會有個現實中的老婆是新秀聲優。

◆

「——這就是今天發生的事。」

我一邊和結花吃晚飯一邊說出今天這件事的來龍去脈。

真的只是一段不經意的閒聊。

然而結花她——

「……是喔！還說『那是我老婆！』呢……是喔～」

她的笑容讓整張臉皺起，一直說著「是喔是喔」。

她的反應實在太開心，為防萬一，我還是更正一下。

「跟妳說清楚，這個時候說的『老婆』，是對二次元說的那種意思喔。」

「是喔～～」

「所以我可沒有別的意思啊！」

「是喔～～」

「妳絕對沒在聽吧！」

……不過也是啦。

我不喜歡聽到阿雅不斷叫她「老婆」，這的確是原因之一。

不過這就別再說下去了吧。

第7話 【救命】我明明不搶手，卻被懷疑劈腿……

我和結花今天也一起走出家門。

一開始還先左右張望，然後開始慢慢走。

「今天也跟小遊一起上學～～♪」

「妳這句話說得像是每天早上的招呼啊。」

「因為這是一句會讓人想出聲說出來的國語啊！夫妻上學。」

「這種奇怪的國語才不會收在辭典裡。還有，我們還不是夫妻。」

我們一邊聊著這種無關緊要的話題一邊往學校前進。

在沒有人的地方，結花就和在家時的調調一樣，笑咪咪的。

雖然打扮是馬尾配眼鏡的上學款。

表情卻完全是對我專用的，配備微笑功能。

然而……隨著學校愈來愈近，我們自然而然分開。

然後微微錯開時間進學校。

——每次做這件事，悖德感都會愈來愈重。雖然是無所謂啦。

◆

而今天，我和結花也不表現出親暱的樣子，各自過著校園生活。

——震動震動♪

『小遊，看過來～～』

……雖然她偶爾會像這樣對我設下ＲＩＮＥ圈套。

我以鋼鐵的意志無視。

『看過來嘛～～真是的。』

就叫妳別這樣了。

我一看，結花絕對會有奇怪的反應。

而且到時候要收場的也是我。

「你幹嘛一臉正經啊～～」

阿雅不在座位上，所以我有些大意，結果……

就有個人整個壓到我肩膀上。

「……二原同學。」

「呀喝，佐方！」

這個人陪笑著把臉直往我這邊湊過來……讓我趕緊撇開臉。

「太近，太近了啦。」

「不會有事吧？只要你不動，就什麼事都不會發生啦。當然如果你動了，可能會當場啾到就是了。」

「這不叫作不會有事。」

「呼哈哈，有什麼關係嘛。有什麼關係嘛～～」

她完全是拿讓我為難來取樂吧。

唉……我實在很不會應付她這種作風啊。

二原桃乃。

是班上女生中少數……應該說是唯一會親暱地找我說話的人。

染成咖啡色的長髮下露出額頭是她最迷人的點。

大概是因為化了妝，眼睛顯得有夠大。

少扣了幾顆鈕釦的制服外套被胸部的壓力從內挺得相當緊繃。

她就是這種，該怎麼說——所謂辣妹打扮的女生。

辣妹這種人種跟別人之間的距離感抓得非常近。

然而，一旦我做出什麼不軌的舉動，就會一口氣猛烈責難。

她就是屬於這種危險類型的女生……雖然只是我的印象。

所以我都是以最大限度的警戒等級來應對二原同學……但不知道為什麼，對方硬是很愛找我聊天。

「不過啊，最近的佐方怎麼好像常常往教室裡四處張望？之前你明明都只看窗外～～」

「為什麼妳對我的視線……不，沒事。」

「什麼啊？你是對哪個女生有意思了？跟大姊姊說說看嘛。」

「還大姊姊咧，我們同年級吧。」

「嗯～～精神上的姊姊？來，佐方，撲進姊姊懷裡吧！」

說著她還張開雙手，讓她本來就大得醒目的胸部更醒目了。

告訴妳，我可是紳士啊。

我只看一眼就立刻撇開目光。

真希望有人讚美一下只看一眼的我。

「真是的，佐方你真不配合。」

「咦！等……等等！」

兩團柔軟的物體壓迫我的右臂。

哇！好軟……這裡是天堂嗎……

等等，不妙不妙！

我趕緊想揮開，但二原同學緊抓著不放。

我一有任何動作，就會感受到一種柔軟又有彈力的感覺，我的腦袋正快速遭到破壞。

大概是看著我這種慌了手腳的模樣覺得有趣，二原同學露出甜笑。

「好的，我贏了～～乖乖享受我的抱抱吧。」

「我說啊……從以前我就在想，為什麼妳這麼愛找我？」

「嗯～～」二原同學貼著我的手臂不放，思索了一會兒。

接著爽快地一笑。

「因為想再看到以前那樣開朗的佐方？」

「唔哇啊……」

聽到這個說法，我由衷覺得厭煩。

這間高中，跟我同一間國中出身的就只有兩個人。

一個是阿雅，也就是倉井雅春；而另一個是——二原桃乃。

上高中才認識的那些人應該都把我認知為一種空氣般的人物。

二原同學則是……知道以前的我。

也知道我以前披著開朗角色的皮，在班上假裝是個很喜歡熱鬧的人。

也知道我會錯意而找女生表白，結果被甩掉，把自己關在家——化為寧靜的黑暗居民。

「你像以前那樣，多說點話不是很好嗎？為～～什麼會像這樣當自己是獨行俠？這是怎樣，所謂的中二病？」

也不知道哪裡好笑，只見二原同學捧腹大笑。

我趁機擺脫二原同學，站了起來。

「唉……開朗角色的辣妹就是會這樣，動不動就跟別人有身體接觸。有些人會會錯意，勸妳最好別這樣。」

「咦～～？我可不是什麼開朗角色，也不是辣妹啊。」

「不然是什麼？」

「陰沉角色型小鎮姑娘？」

哪裡像了？

再說小鎮姑娘是怎樣啦？又不是辣妹的反義詞。

「而且啊，我也不是對誰都這樣整個貼上去喔～～我才不是那麼輕浮的女生～～」

二原同學用很故意的姿態說這樣的話，然後雙手遮住胸部，鼓起了臉頰。

接著把嘴脣湊到我耳邊。

「——我是只對你這樣耶。」

「啥啊！妳這話是什麼……」

「……噗！啊哈哈哈！你動搖得有夠誇張～～！」

二原同學再度捧腹大笑。

——啊啊。

我還是很不會應付辣妹，總覺得舊傷愈來愈隱隱作痛……

好想趕快打開手機，攝取結奈成分啊。

我正想著這樣的念頭。

————忽然感受到一道冰冷的視線從遠處的座位射過來。

那個坐著一名「修羅」。

不是平常出於社交障礙而顯得孤僻的綿苗結花。

……坐在那兒的，是看起來心情真的相當差的結花。

我戰戰兢兢地拿起手機，點開ＲＩＮＥ。

『咦？小遊跟二原同學很熟嗎？』

『不好意思～～……我總覺得你們的距離稍微太近了……不分開點嗎？』

『你看了胸部吧？』

『胸部碰到了吧？』

『結果還是胸部嗎？』

『你怎麼不跟胸部結婚算了？』

『笨～～蛋。』

一句句訊息漸漸冰冷的模樣是那麼寫實，讓我不由得背脊發涼。

怎麼辦……都是那個開朗角色辣妹害我們這麼快就陷入夫妻危機了。

Q彈。

手臂上一陣柔軟的觸感。

沒錯——結花用力抱住了我的手臂。

她綁成馬尾的頭髮飄來一陣柑橘類的香氣。

透過手臂傳來她的溫度。

結花在這樣的狀態下……抬頭看著我，喃喃說道：

「……不會沒有吧？」

「呃……不會沒有什麼？」

「雖然不像二原同學還有結奈那樣……但還是，有料吧？」

擠壓感加重。

結花把我的手臂往自己身上擠壓。

柔軟的觸感讓我不只是手臂，連腦袋都要融化。

脈搏一口氣竄升，連吸氣都愈來愈不順。

看到我因停不住的脈動而說不出話——結花噘起嘴。

「小遊你還是比較喜歡大的？我在業界就聽說過男生覺得愈大愈好。」

「聲優業界不要胡說八道啊！這要看個人喜好吧！」

「可是小遊——喜歡結奈吧？」

「我喜歡的是結奈，不是結奈的胸部！」

我拚命否認，但結花似乎難以信服。

「唔～～……小遊，你記住了。」

結花放開我，朝我吐出舌頭。

「我一定會變大給你看！」

真是的，她到底是在跟什麼東西爭啊？

不過她心情似乎好轉了，所以是無所謂啦。

嗯……暫時是。

即使是聊動畫話題，提到胸部也是地雷，這我要銘記在心。

第7話

【救命】我明明不搶手，卻被懷疑劈腿……

第8話 「啊，這會永眠吧」的叫人起床方式有何特徵

『就說天亮了啦。起床～～起床啦～～真是的，結奈都這樣叫你起床了～～』

「不妙……好可愛。這是可愛的極致……」

我一邊凝視手機一邊喃喃自語。

我剛剛抽了《Love Idol Dream！Alice Stage☆》的卡。

明明也沒儲值，卻若無其事抽到了「結奈（普卡）」。

單抽就中結奈……這是命中注定嗎……

順便說一下，目前在進行的是「愛麗絲偶像們來叫你起床嘍！」活動。

只要有她的聲音，我的明天——多半會醒得神清氣爽。

又或者一輩子都看不見朝陽？因為萌死了。

「……小遊平常大概都幾點起床呀？」

「唔哇！」

我本來躺在客廳沙發上，突然聽到有人叫我，我便起身。

結花剛洗完澡，換上當睡衣的連身裙，看著我。

她的頭髮比平常垮，有種稚氣的感覺。

「小遊平常差不多都比我早起吧？」

「啊～～我鬧鐘都設在七點左右，大概就這時候吧。」

「你算滿容易起床的？」

「啊～～算是吧……妳呢？」

「我？我應該挺會賴床的……會半夢半醒地摸　陣子才總算起來。」

我們聊了這些無關緊要的事情。

然後各自回自己房間。

「……小遊。」

剛打開房間的門，結花就叫住我。

回頭一看結花，總覺得——她以閃亮的眼神看著我。

「明天，你可要有心理準備喔。」

「……什麼？」

什麼心理準備？

雖然搞不太清楚……不過就記住有這回事吧。

◆

——嗯。

啊，今天好像在鬧鐘響之前就醒了啊。

我揉著惺忪睡眼，將手伸向棉被上方，拿起鬧鐘。

時間是——六點五十五分。

雖然早了點，不過要睡回籠覺，這時間又挺尷尬的。

好……就起床吧。

於是我沒掀開棉被，直接坐起身。

結果看見的是——結花的臉。

「唔哇啊啊啊啊啊！」

「呀啊啊啊啊啊！」

我們對看一眼，大聲尖叫。

我整個人從被窩裡滾出來，看著坐在棉被上的結花。

「咦？咦？為什麼妳會在這裡？」

「為什麼……明明才六點五十五分……！」

我問了正常的問題，結花卻十分懊惱地低頭不回答。

呃……咦？之前有什麼會讓事情演變成這樣的伏筆嗎？

記得昨天我拿到了結奈的普卡，非常雀躍。

之後結花問我平常起床的時間。

然後——對我說：「明天，你可要有心理準備喔。」

「……原來如此。」

說穿了就是這麼回事啊。

結花模仿愛站的活動。

先問我的起床時間，想偷偷來叫我，所以入侵我的房間。

這孩子還是老樣子，想到什麼點子就會行動。

「……麻煩重來。」

「什麼？」

「因為你比預計的時間早起床！太賊了！」

「這不賊吧！怎麼弄得好像是我的錯？」

「總之，再一次——再一次就好！」

◆

就這麼回事。

眼前我答應了結花重來的要求。

我再度躺在被窩裡，閉上眼睛等候。

「……為什麼事情會弄成這樣……」

明明醒著，卻要再睡一次。我正在思考這種難以言喻的狀況。

——喀嚓。

我聽見了開門聲。

感覺得到結花躡手躡腳地接近。

她呼出的氣息吹到我的耳邊。

接著——

「……哥哥，起床，要遲到了！」

出乎意料的台詞讓我在被窩裡嗆到。

我坐起身調整呼吸，並且看向結花。

「啊，醒了。」

結花笑得很開心，但這不是開玩笑的。

「為什麼是哥哥？」

「像在動畫作品裡面，早上還是妹妹角色來叫起床最穩吧？嘿嘿嘿，叫哥哥這種感覺還挺新鮮的。」

可是，最後她露出驚覺不對的表情。

「啊，對喔，抱歉，小遊。你已經有那由了……妹妹來叫你起床也就不是那麼新鮮了吧？」

「不，倒不是這種問題。」

順便說一下，那由不會像剛剛那種叫我起床。

而且那由比較愛賴床，都是我去叫她。

然後每次叫她起床都要被她咂嘴。真沒天理。

「對不起！再重來一次！」

「會遲到耶！」

「下次就是最後一次了！請讓我確實以我們是夫妻這件事為基礎，做出萌得起來的叫起床方式！」

結花合掌，懇求似的低下頭。

啊啊，真是的，她都這樣拜託了，很難拒絕耶……

於是我任由情勢推展，在被窩裡閉上眼睛（本日第三次）。

「……小遊？再不起床就要遲到了喔～～」

隔了一會兒，聽見結花輕聲說話。

可是——所謂以夫妻為前提，是怎麼個叫法？

我完全無從想像。

——結果……

我感覺到結花的嘴唇靠近我的耳邊。

結花呼出的溫暖氣息吹得我耳朵癢癢的。

接著……結花深深吸一口氣。

「——再不起床，我就要……親下去嘍？」

每天都被這樣叫起床會發瘋的好不好。

之後的我。

每天早上都把鬧鐘設得更早。

結果——

「真是的！為什麼今天比平常早啦～～！」

結花也不認輸地想比鬧鐘更早叫醒我。

但我為了維持理智，又把鬧鐘設得更早。

最後，弄到五點就起床。

於是早上來叫人起床成了我家的禁止事項。

第9話 【急徵】和未婚妻一起睡而不會激發獸慾的方法

也因為從第一次見面就知道彼此的興趣很合。

我和結花一有空就常一起看動畫。

「啊，你看你看～～這個女角是不是很可愛？」

「會嗎？我應該比較喜歡這個學姊吧。」

「咦～～！兒時玩伴才精神可嘉又可愛吧！我覺得要說誰適合和主角結合，就應該是這種女生！」

「不，藍頭髮的兒時玩伴註定會輸。」

「真是的～～不要做這種戲外的發言啦～～！」

我們並肩坐在沙發上看著動畫閒聊。

結花看動畫看得忘我時，情緒就會非常亢奮。

看到感人的場面會哭，看到熱血沸騰的場面又會手舞足蹈地大喊。

「不不不，這樣不妙啦。」

「可是……人家就怕嘛。」

「不不不，怕歸怕，可是啊，這實在不太妙吧？」

看到怕打雷怕得快哭出來的結花，就覺得能夠體會她的心情。

畢竟我們訂了婚，一起睡覺也——說來應該也不奇怪啦。

但我的直覺告訴我，這樣太危險了。

雖然我開始和結花一起生活，但我對於和三次元女生談戀愛仍然有所抗拒。

因為雖說是裡面的人，結奈和結花……是不同人。

我還是會怕產生錯誤的期待，傷害別人，或是受到傷害。

——可是……

讓她不設防地睡在我身旁，那就是另一回事了。

這無關怕不怕的問題，是刺激的強度差太多了。

「小遊……真的拜託。」

而結花看起來對我的這些苦惱一無所知。

只見她眼眶含淚，抓緊了我的衣角。

「我好怕，睡在我身邊……」

窗外一陣閃光，雷聲響起。

「呀！」結花發出小小的尖叫聲，把頭鑽進被窩裡。

接著——探出頭，窺探臉色似的看著我。

「好啦……我會一起睡。」

「……謝謝。」

我一鑽進被窩，立刻翻身面向與結花相反的方向，閉上眼睛。

我不去直視結花的臉。

因為一想到我們身在伸手不見五指的房間裡，一起睡在並排的被窩中……大概沒有辦法保持冷靜。

「…………」

我聽見隔壁被窩傳來布料摩擦的聲響。

室內籠罩在寂靜之中。

……結花睡了嗎？

我慢慢翻身，將視線朝向結花。

「啊。」

「啊。」

結果正好和從被窩裡探出頭的結花對上視線。

視線交會的瞬間，結花迅速鑽進被窩。

「……我瞄！」

結花小聲說著，再度探出頭。結果當然又和我對看。

「呀！」

結花又迅速鑽進被窩。

「……我瞄！」

然後又探出頭，與我對上視線。

「呀！」

鑽！

「……我瞄！」

探頭。

「呀！」

——不不不不，別再繼續了吧。

妳這樣會害我心動的感覺停不下來。我說真的。

「——小遊，問你喔。」

結花只探出鼻子以上的部分，由下往上看著我。

她水潤的眼睛顯得格外嫵媚……讓我趕緊閉上眼睛。

「啊～～你在裝睡吧。」

結花不滿地說著，但我堅決不睜開眼睛。

我秉持堅定的決心，專注意識想睡著。

「真是的……小遊是笨蛋。」

聽見結花著實深深地嘆了一口氣。

然後……還聽見她低聲說的這句話。

「我……可是做好了心理準備。」

在這句話的觸發下，我反射性地坐起身。

睡在我身旁的是用棉被遮住嘴的結花。

她的眼睛還是一樣水潤，臉頰染成淡紅色。

「心理準備……？」

「不要問女生這種問題……笨蛋。」

結花的肩膀微微顫動。

看到這樣脆弱的結花。

——我感覺到心中有某個東西一口氣迸裂開來。

窗外傳來的雨聲不知不覺間再也聽不見了。

雷聲也已經完全平息。

所以我們在同一個房間睡的理由……已經不存在。

可是，但是……

不——正因為這樣吧。

我慢慢從被窩中爬出。

縮短了與結花的距離。

於是——

我們的——漫長夜晚開始了。

第10話　和未婚妻共度一晚的結果……

——我……可是做好了心理準備。

——不要問女生這種問題……笨蛋。

前情提要。

陰錯陽差之下，我和同班同學綿苗結花成了未婚夫妻。

我們本來是很柏拉圖式的來往，但在打雷的夜晚，我們在同個房間睡。

在這樣的時候，結花對我說了那句耐人尋味的話——

遊一，你該怎麼辦才好！

「……小遊？」

將腦內旁白說個不停的我拉回現實的，是結花的說話聲。

結花仍然把鼻子以下藏在被窩裡，帶著水潤的眼睛說：

「你……你不喜歡……嗎？」

同時，國三時的惡夢甦醒。

我該上，還是不該上？

雖然我因為不想互相傷害，封印了和三次元女生之間的戀愛。

雖然我發誓過只愛二次元。

但我並不是乾枯到——能夠無視這樣的狀況。

「呀……呀嗚！」

我握住結花小小的手。

手掌傳來結花的溫暖。

小動物般的叫聲從耳邊傳來，擾動腦漿。

……結花一直握住我的手不放。

——這也就是說？

「……不不不不不。」

我以堅定的自我試圖揮開心中萌生的邪念。

冷靜啊，遊一。

對方的確是為我所愛的結奈配音的聲優——和泉結奈。

在三次元當中，是極其接近結奈的人物。

然而，結花終究是——三次元的女生。

不可以更進一步。

因為如果繼續進行下去，也許又會——像國三那時，受到傷害。

因為也可能相反——會傷害到結花。

「……嗯！」

結花略帶憂愁的呻吟擾動我的耳朵。

這種刺激讓我全身發麻。

——啪。

我感覺到心中有某種事物斷了線。

也許又會後悔。

也許會重演黑歷史。

然而——要止住昂揚的心跳……

已經別無他法。

「結花。」

我喊了未婚妻的名字。

接著下定決心——用力掀去她的棉被。

◆

……看來我是下意識地閉上了眼睛。

我將掀掉的棉被輕輕放到一旁。

戰戰兢兢地睜開眼睛。

映入我眼簾的結花——

「…………呼～～」

已經睡得十分香甜。

意料之外的事態讓我不知所措。

「……呃……」

「唔唔……」

「結花？結花同學～～？」

「呼唔……」

啊，這叫不醒。

完全睡下去了。

也是啦，她用棉被蒙著頭就會變得溫暖。

睡魔會來襲也是說怪不怪啦……

「……小遊……」

結花說夢話叫我的名字，臉上笑咪咪的。

看到她稚氣的表情，讓我有種放心的感覺。

總覺得剛剛那樣滿腦子想入非非，簡直像個傻了。

我輕輕拍了拍結花的肩膀。

「……呼嘻嘻～～」

結花似乎覺得舒服，睡著笑了。

她是多麼不設防啊。

我嘆了一口氣，躺到結花身旁。

「……也好。畢竟我本來就是一心只愛二次元。」

我說服自己。

我們的確成了未婚夫妻。

但我尚未了解結花的一切。

結花也尚未了解我的一切。

在這樣的情形下，又沒有心理準備就做「那種事」——我覺得還是不太對。

「而且，要說我們的同居生活能不能過得順利，也都不知道。」

我輕聲自言自語。

隨意把手放到睡得香甜的結花頭上。

——鬆軟。

鬆鬆軟軟的頭髮搔著我的手指。

這種感覺很舒暢——我就這麼一直摸著結花的頭。

「……呼唔……」

結花翻身，臉朝向我。

她縮起嘴脣，發癢似的笑。看著她天真的睡臉——

總覺得——就像結奈。

只有一點點像……就是了。

◆

翌日早晨。

結花醒來後，消沉得簡直像在陰間。

「不小心睡著了……我為什麼會那樣把時間都白費了……」

結花嘀咕的模樣簡直像在詛咒。

「看妳睡得很舒服，我是無所謂——」

「我睡得很舒服有什麼用！我是要你舒……啊～～我真是個白痴……」

聽了我打圓場的話，結花也過度反應，縮在被窩裡嘆氣。

何必那麼在意呢？

我反而是因為不用做出覺悟而鬆了一口氣……

「……嗯？」

這個時候。

結花一把抓住自己的頭髮。

然後，下一瞬間……

「不要～～～～～～～～～～～～！」

大清早的，結花的尖叫聲響徹了全家。

「不要看～～～～～～～～～～！」

然後砰的一聲。

枕頭往我臉上用力砸個正著。太蠻橫了。

「咦咦咦咦？為什麼我今天頭髮會這麼亂糟糟的？真是的！」

剛才的沮喪已經消失得無影無蹤。

這次結花手忙腳亂地跑向盥洗室。

啊～～……頭髮。

想來大概是因為我晚上摸太久了。

說了八成會被她罵，所以我決定暫時隱瞞。

第11話　開朗角色邀我，我該怎麼拒絕才好？

「嘿嘿～～今天也要和小遊一起上學～～」

幾分鐘前的結花說得溫馨，像隻幼貓一樣笑咪咪。

「是早上呢。」

現在的結花說得冰冷，就像機器人一樣面無表情。

在家的結花與在學校的結花仍然完全不一樣啊。

簡直判若兩人，而且在校版還說什麼「是早上呢」，遣詞用字根本莫名其妙。說「早安」不就好了？

「綿苗同學她……還是一樣有夠可怕的啊。」

阿雅在隔壁座位對我竊竊私語。

也是啦，如果只看學校的她來判斷。

這麼冷漠的女生，在家卻開朗又天真無邪。

照常理推想——大概誰也不會這樣想像。

「好了～～各位同學！坐下，坐下！」

我正發呆想著這樣的念頭。

門就被用力拉開，鄉崎老師進了教室。

鄉崎熱子，二十九歲，單身。

擔任我們班——二年A班的班導師——是個有點熱血過頭的老師。

「各位同學，你們不夠有精神啊！來，聲音大一點！早上的班會就這麼沒精打彩，一整天都會變無聊！」

「今天也是鄉崎風全開啊，遊一。」

「真的是耶……」

順便說一下，我不太會應付鄉崎老師。

她不是壞老師，但跟我的走向實在差太多。

很愛說什麼「團隊合作」或「團結一致」之類，體育派作風全開，對我這種陰沉角色的刺激性很強。

「大家一起充滿活力，大家一起開開心心！功課當然也很重要，但更重要的是得到『伙伴』

這種資產啊。這樣一來，大家的人生——一定會變得更豐足！」

鄉崎老師眼神閃閃發光，我則以冷淡的眼神看著她。

老師要覺得朋友或伙伴很重要，那是無所謂啦。

就只是——會忍不住覺得她跟我是不同世界的人。

「喂～喂喂，佐方？」

有個咖啡色頭髮的女生從斜前方的座位回過頭來，笑咪咪地看著這樣的我。

二原桃乃——開朗角色辣妹。

「佐方啊，你一定覺得她是『不同世界的人～～』吧？」

「二原同學，妳是超能力者嗎？」

是怎樣，辣妹都是有讀心能力的人？

「因為你很好懂啊～～看你的臉就大概猜得到了。」

「啊～～的確，畢竟遊一想什麼都會馬上表現在臉上啊。」

阿雅一臉賊笑，順著二原同學的說法一起虧我。

「沒錯沒錯！該說全都會寫在臉上嗎？就像小孩子一樣，很可愛呢～～」

二原同學往前彎腰，哈哈大笑。

她姿勢一前傾，胸部就從少扣鈕釦的制服外套底下若隱若現，讓我眼睛不知該往哪兒看。

「欸欸，佐方，偶爾來一下鄉崎作風，如何？」

「什麼事情如何？」

「就是說……」

二原同學得意地微微一笑。

她紅紅的嘴脣顯得好美艷。

連我都忍不住怦然心動。

二原同學將手指慢慢轉向這樣的我。

「今天放學後，要、不、要、來☆」

◆

「所以呢，今天的卡拉ＯＫ，有來賓佐方～～！還有倉井也來了。」

「為什麼說得像我是附帶的啦！」

二原同學連連拍手大笑，阿雅出聲吐槽。

我們周圍有七個同班同學，男女生都有。

平常我跟他們太沒交集，坦白說連他們叫什麼名字都不知道。

「別看佐方這樣，他很風趣喔。大家，參加ＯＫ？ＯＫ吧！」

「根本沒有人發言吧！」

我趕緊吐槽，但周遭只回以苦笑。

慢著慢著。

誰來阻止二原同學！然後別讓我們參加！

「也好啦……既然桃乃都說了，對吧？」

一個我連名字都不知道的短髮女生搔了搔臉頰。

「桃一開口就不會聽別人的意見了吧。」

「每次都是想到什麼就做什麼。」

「雖然有倉雅就有點尷尬。」

「喂，我都聽見啦！不要叫我倉雅！」

倉井雅春，簡稱倉雅。

「倉井(kurai)」和意指陰沉的「暗(kurai)」同音，所以阿雅不太喜歡這個稱呼。

——等等，阿雅的事不重要啦，不重要！

「好，那就決定～～！今天放學後，大家一起去唱卡拉ＯＫ～～☆」

大家的掌聲還挺大聲的。

咦，為什麼這麼簡單就被接納了？

開朗角色的社交適應性好猛啊。

「慢著慢著，二原同學，我對這種事不太……」

「鄉崎老師也說過吧，要我們試著增加這種叫作『伙伴』的資產！」

我想婉拒，但二原同學緊咬不放。

周遭的氣氛也漸漸變得歡迎我們。

不妙。這情形真的不妙。

——震動震動♪

「啊，二原同學，等我一下！」

我趕緊拿出手機，把畫面朝向二原同學看不見的方向，開啟了ＲＩＮＥ。

果然收到了結花的訊息。

『你們好像很熱鬧，好好喔。我也想和小遊說話。哼～～』

『你們說卡拉ＯＫ？咦～～……小遊要去卡拉ＯＫ？』

『哼～～哼～～哼～～』

「咦～～？什麼什麼～～？好可疑，好可疑喔～～」

二原同學湊過來想看畫面，我忍不住趕緊把手機收進口袋。

「沒……沒什麼可疑的啦。我只是看看是不是排了什麼行程……」

「喔！你肯去啦！很好啊，很好。你沒排行程吧？那我們等一下就往卡拉ＯＫ來個Let's GO！」

啊啊……這下已經沒辦法拒絕了吧。

無可奈何，我只好點頭。

我並沒有想去，而且讓結花掛心也不好意思，所以其實本來我是想拒絕然後回家。

唉～～……鄉崎老師真的是很會多嘴。

我一邊嘆氣一邊準備跟上這些人──

「──等一下。」

從後面傳來一道冰冷的說話聲，讓我反射性地回頭看去。

站在那兒的——是個眼鏡底下的雙眼眼尾高高上揚……

一邊甩動綁成馬尾的頭髮，一邊瞪著我的結花。

「綿……綿苗同學？」

「我也要去。」

結花以不容分說的魄力斬釘截鐵地丟下這句話。

說這話的是平常八成絕不會參加這種社群的結花。

雖然不知道是什麼情形，她就是以這種凶神惡煞般的表情——想跟我們一起去卡拉ＯＫ。

嗯，實在可疑到了極點啊。

「喂，喂喂！遊一，這是什麼情形啊！」

阿雅不斷搖著我的肩膀。

我冒著冷汗，一邊拚命想藉口。

這樣的情勢下，二原同學帶著狐疑的表情觀察結花。

「呃……綿苗同學，妳是怎麼了？」

不妙，這情形顯然不能交給結花處理。

我趕緊傳球給結花。

「啊……啊啊！綿苗同學是不是也喜歡唱卡拉ＯＫ？」

好，結花，就用「卡拉ＯＫ愛好者」這個設定上吧。

這樣一來，「因為我去，所以妳才跟來」的感覺就會消失。

「不，卡拉ＯＫ，我不是那麼愛唱。」

好的，傳球失誤！

「嗯？妳不是那麼喜歡卡拉ＯＫ，卻肯來參加？」

「是。」

結花以平板的聲調回答二原同學的問題。

「啊～～這樣啊～～綿苗同學也是想加深和大家的交流嗎～～哎呀～～好巧啊～～我和阿雅也正想和大家加深交流呢～～」

我自己都覺得這幾句話說得很死板，但仍拚命對結花送出訊息。

好，結花，就用「想到要打進大家的圈子」這個設定上吧。

這樣一來，「因為我去，所以妳才跟來」的感覺就會消失。

「不是，是因為佐方同學要去。」

好的，烏龍球！

「咦，這話怎麼說！」

「綿苗同學和佐方同學那麼要好嗎？」

「喂，這是怎麼回事啦，遊一！」

現場一片譁然。

這樣的局面，結花帶著極為僵硬的表情站在原地不動。

啊～～這沒救了。結花因為緊張，腦子根本沒在轉。

我有點達到萬念俱灰的境地，深深嘆了一口氣。

——就在這種難以言喻的氣氛下。

「綿苗同學……妳～～認～～真～～的～～嗎～～～！」

二原同學眼神閃閃發光，用力握住結花的手。

接著整個人貼到結花身上嬉鬧。

「好high！可以和綿苗同學一起玩，我好開心！我啊，除了上課，都沒和綿苗同學說過話吧？所以，我一直想著有一天要找妳一起玩！」

「好……好的……」

陽光辣妹的強勢讓結花有些退縮。

但她似乎下定決心，點了點頭。

「卡拉ＯＫ，我也要去。」

二原同學發出歡呼。

周遭的人似乎也受到觸發，開始熱鬧歡呼。

「呃……這是什麼情形？」

阿雅歪頭納悶，但我不理他，趕緊小聲對結花說：

「……妳在打什麼主意啊，結花？」

「……我也想跟你一起玩啊。」

「……這麼牽強，會啟人疑竇吧。」

「……可是就只有大家跟你玩，不是很賊嗎？」

大概是對我的說法不滿，結花鼓起了臉頰。

接著臉頰泛紅，由下往上瞪著我。

不對，表情！妳這表情不行啦！

「真正的結花」整個露出來了啦！

「嗯？佐方，怎麼啦？」

「沒有啦！我只是在跟綿苗同學說，很期待一起去唱卡拉ＯＫ啊！」

我趕緊幫她對二原同學辯解。

結花躲在我身後。

用小小的聲音——說了：

「……跟小遊去唱卡拉ＯＫ，這還是第一次吧。好期待！」

結花用真實的表情俏皮地微微一笑。

就～～跟～～妳～～說！

妳太沒有危機感啦！

我就這樣被結花的少根筋弄得提心吊膽。

看樣子是要進入一波未平一波又起的卡拉ＯＫ篇了嗎……唉～～

第12話 陰沉角色：「我沒有能在圈外人面前唱的歌……」未婚妻：「……」

「耶～～！大家有沒有high起來啊～～！」

阿雅在派對用的卡拉ＯＫ廳裡，一手拿著麥克風呼喊。

……你為什麼這麼起勁啦？

阿雅在場的突兀感表露無遺，卻莫名和二原同學他們玩得非常起勁。你好猛啊。

一片混沌的卡拉ＯＫ廳裡，一群我連名字也不知道的同班同學玩得很瘋。好可怕。

啊，還有人拍起鈴鼓來了。好可怕。

搖起沙槌了。好可怕。

「好～～！那這次，換我唱啦～～！」

二原同學從阿雅手中搶過麥克風，慢慢唱起歌。

「耶～～！」「唔～～！」大家也紛紛跟著打節拍。

處在這種不習慣的氣氛下，結花她……

「…………」

在我身旁，一手拿著遙控器，整個人僵住。

「呃……結花，妳還好嗎？」

「嗯、嗯……」

結花小聲這麼回答，但看起來一點都不好。

她比平常更加面無表情，臉頰還頻頻顫動。

「都是因為妳硬要跟來……」

「可、可是……」

結花目光落到遙控器上，喃喃說道：

「……不是說『告訴你，你身邊絕對會是結奈！』嗎……」

唔……這是上上個月的傲嬌活動「結奈（普卡）」的語音。

想像結奈鼓起臉頰的表情，我不由得心動。

「佐方，歌選好了嗎？」

二原同學唐突地從旁對我說話。

「二……二原同學，妳唱完了？」

「咦～～？你沒在聽喔？我還覺得我歌唱得挺不錯呢。」

太近太近。

為什麼這個人手放到我大腿上，小鳥依人似的看著我？

「——咳。」

這樣妳的衣領會更加敞開啊。妳看。

「咳、咳。」

胸口那邊就……

「咳！咳咳咳咳！」

坐在我另一邊的結花咳得非常劇烈。

我回過神來，慢慢將視線轉向結花。

——戳戳。

結花指著自己的胸口，白眼瞪著我。

『果然還是胸部重要？』

結花以手勢表明自己在吃醋。

就說不是這樣了！就是會看見，有什麼辦法嘛！

「佐方，你不唱歌嗎？」

第12話
陰沉角色：「我沒有能在圈外人面前唱的歌……」未婚妻：「……」

「喂！二……二原同學！」

二原同學突然把身體貼上來，我刻不容緩地擺脫。

好險……總覺得有種好香的氣味……

然後又從另一邊感受到一種好像很劇烈的殺氣……

「我來幫你選歌吧？像這個你應該聽過吧？就跟我對唱吧。」

「不……不了。我沒聽過……」

「咦～～！這不是最近在播的電視劇主題曲嗎？佐方你是家裡沒電視派嗎！」

「那是什麼派啦……呃，有是有啦，只是我不太看那些。」

深夜動畫我倒是會看。

「所以你不太聽歌？」

「坦白說……」

動畫歌我倒是會唱。

「唔～～這事態可嚴重了。」

「所以我聽大家唱就——」

「那麼，這首你應該知道吧？」

我正要婉拒不唱，二原同學就把遙控器塞過來。

畫面上——是一部會有具備泛用性、人型又可以決戰的兵器出現的機器人動畫的主題曲。

「記得你喜歡這個吧?國中時,你就常和倉井在教室後面模仿吧?還唔喔~~那樣叫。」

是的,我的確模仿過失控的初號機。

有沒有哪個人可以來殺了我?

「所以佐方……你願意唱嗎~~?」

我帶著沒說YES也沒說NO的笑容看著二原同學。

哎,的確是不能逃啦。

但如果做出「這首我會!棒透了!」之類的反應……我總覺得會變成國中時御宅族興趣全開的自己,讓我不由得躊躇。

「我、我說啊,二原同學,我對唱歌,有點——」

——喀嗟。

我和二原同學展開拉鋸戰,一旁的結花默默站起。

雙手握緊麥克風。

旋律開始播放。

第12話
陰沉角色:「我沒有能在圈外人面前唱的歌……」未婚妻:「……」

接著，結花深深吸一口氣。

就像殘酷的天使一樣唱起了這首歌。

雖然還是一樣面無表情——歌聲卻是澄澈的美聲。

「啊，這我好像在歌唱節目聽過！」

「哇啊，綿苗同學也太會唱了！」

不愧是聲優和泉結奈。

歌唱力高得遠非我所能相比。

而她壓倒性的唱功讓全場的氣氛變得根本不在意這首歌是不是動畫歌。

「是綾○……喂，遊一！綾○就在我眼前啊！」

才沒有。阿雅你是有什麼好哭的？

不過的確……這角色跟在學校的「綿苗同學」倒也有點像啦。

就這樣，結花的歌讓整間卡拉ＯＫ廳歡聲雷動。

但我就是覺得有些不對勁，陷入了思索。

——是怎麼了？

總覺得和我常聽的結奈唱的角色歌，聲音不太一樣……

◆

於是可怕的卡拉ＯＫ大會順利進行到解散。

「綿苗同學！改天再一起玩喔！妳肯來參加，我有夠高興的！」

「哪天我有興致的話。」

綿苗同學使出驚人的敷衍回應。

「那阿雅，改天見了。」

「喔喔……再見啦。」

阿雅帶著一身沉重的氣，踩著沉重的腳步回去了。

畢竟他唱了一大堆大家聽不懂的電波歌，被女生群大肆批判。看一下大家臉色來選歌唱好不好？我說真的。

我和所有人道別後，繞了個比平常大的圈子回家。

……哎，我是覺得不要緊啦。

但萬一我和結花走進同一個家的情形被人看見，那可是慘不忍睹。

我先在玄關前四處張望，然後走進家中。

第12話
陰沉角色：「我沒有能在圈外人面前唱的歌……」未婚妻：「……」

「你回來了～～！」

「哇！」

這一瞬間，巨大狗狗——其實是眼神閃閃發光到讓我產生這種錯覺的結花朝我撲了過來。

結花緊緊抱住我不放，發出「哼～～」的抗議聲。

「我都等得不耐煩了耶～～」

「不，妳絕對只等了三分鐘左右吧。」

「要是我在三分鐘內累癱了要怎麼辦～～」

「我會覺得妳癱軟得比泡麵還快啊。」

結花開心地嘻嘻直笑。

她的表情和先前迥然不同——充滿了悠遊自得。

看到結花自然自在的情形，我感受到自己也放鬆下來。

「唉，跟正常人去唱卡拉ＯＫ，好累……」

「就是啊！明明有好多更想唱的歌，但都不能唱！」

「還有明明全都是沒聽過的歌，卻被問：『這你聽過吧？』」

「還要對唱呢！是想殺了社交障礙人士吧！」

兩個都不擅長溝通交流的人一起發著在人前不能說的牢騷。

這種能夠相互了解的談話讓我覺得頗自在。

「啊～～對了，小遊，可以聽我唱一首歌嗎？」

「什麼？不是才剛唱完卡拉ＯＫ嗎？」

「嗯。那就請聽我唱了～～」

結花深深吸氣——然後開始唱了。

是她剛剛在卡拉ＯＫ唱的超有名歌曲。

然而，總覺得——聲音給人的感覺和剛才不一樣。

「……是結奈。」

我喃喃說完，結花就開心地微微一笑。

「咦？可是剛才跟現在不太一樣吧？奇怪？」

「嗯。剛才我是特意換了唱腔！」

「為什麼？」

「你應該不希望我在大家面前拿出真本事一唱，結果身分暴露吧？而且你說過倉井也很熟悉《愛站》。」

噢，的確。

結花由下往上看著恍然大悟般點頭的我，紅了臉頰。

第12話
陰沉角色：「我沒有能在圈外人面前唱的歌……」未婚妻：「……」

「……不過，理由不是只有這個就是了。」

「還有什麼理由啊？」

除了防止暴露身分，還有什麼呢？

看到我真心不懂的模樣，結花傻眼似的笑了笑。

然後手指按著自己的嘴脣——說了。

「當成只有我和小遊知道的祕密……就是比較高興啊。」

第13話　妹：「哥哥，你從在室畢業了嗎？」←我該怎麼反駁才好？

黃金週的第一天，我獨自打開電腦，發著呆。

結花說：「要錄網路廣播節目！」於是一大早就出門了。

新人聲優和泉結奈在去年上市的《Love Idol Dream！Alice Stage☆》中受到破格錄用。

目前除了結奈，她都還只配過一些路人角色。

但我明白……她有很棒的才能。

因為和泉結奈——是為結奈這個天使賦予生命的獨一無二的聲優。

『鬼屋？一、一點都不怕啊。咦，你說我在怕？……才、才沒有啦。我這是，呃……是興奮到發抖！』

「呼～～……」

我在沙發上躺下，無限重播這段語音。

是我在黃金週活動的抽卡活動中抽到的結奈。

雖然抽到的仍然是普卡。

但對我來說，價值大約相當於ＳＳＳＳＳＲ卡。

看，只要閉上眼睛，眼前就會浮現結奈的臉龐……

——小遊～～！

我震驚地睜開眼睛，從沙發上跳起。

手按怦怦直跳的心臟，讓呼吸穩定下來。

「剛剛……浮現的，是結花的臉……？」

結奈的聲音是結花的聲音。

所以，腦中浮現結花的臉也絕對不算錯。

從我和結花同居以來，見面的機會也很多，這沒什麼奇怪。

可是——萬萬沒想到，我先想到的竟然不是結奈，而是三次元的女生。

「……不，結花和結奈，不一樣。這不一樣。」

我說給自己聽。

因為如果不這樣——

總覺得結花與結奈在我心中的模樣已經漸漸重合……

——叮鈴鈴鈴鈴鈴鈴♪

「哇！」

就在這種絕妙的時機，手機傳來鈴聲。

我趕緊拿起手機，接了電話。

「喂？」

『哥，你好慢。響一聲就該接了。』

不悅地發牢騷的——是我妹妹佐方那由。

這是多麼目中無人。都好久沒見了，她還是一點都沒變。

「突然打電話來還這樣要求，太強人所難了吧。」

『藉口……唉。』

「不對，這才不是藉口啦，人類的反應速度——」

『算了，這些又不重要。倒是哥，我現在就回家裡。』

「啥？妳回到日本了？妳幾時來——」

第13話
妹：「哥哥，你從在室畢業了嗎？」←我該怎麼反駁才好？

——叮咚～～♪

『我剛到了。』

「也太快了吧！要來早點說啊！」

「牢騷真多。」

最後的發言不是從話筒，而是從背後傳來。

我戰戰兢兢地回過頭。

一頭鬆軟的黑色短髮；犀利的眼神。

T恤外面披著牛仔外套，底下只穿著短褲，一身隨興的打扮。

胸部也沒有起伏，所以還是老樣子，會顯得像個「美少年」。

那由一手拿著手機，以令人難以形容的撲克臉環視室內。

「房間整理得挺乾淨嘛。」

那由若無其事說出這句話，然後重重地坐到沙發上。

就這麼開始滑手機。

「哥，卡布其諾（Cappuccino）。」

「才沒有那種時髦的飲料。」

「那給我Peperon開頭的。」

「Peperon……？那變成辣味蒜炒義大利麵（Peperoncino）了吧？」

「我肚子餓了，真的餓。」

說到這裡，她連看都沒看我一眼。

我這妹妹還是一樣唯我獨尊，雖然也不是今天才開始的。

我無可奈何，開始拿出冷凍義大利麵加熱。

「冷凍食品？」

「妳以為我會做飯嗎？」

「哇，還理直氣壯呢。」

「所以呢？那由，妳怎麼突然跑來？」

「啥？返鄉還需要理由？」

「也不是這樣啦。只是妳來得這麼突然，我就想說是不是出了什麼事。」

「……算是吧。」

第13話

妹：「哥哥，你從在室畢業了嗎？」←我該怎麼反駁才好？

她暫且把手機放到大腿上。

她手肘撐在沙發上，嘆了一口氣。

「爸擔心你的同居生活，真的很囉唆。像是『要是他對結花小姐做出失禮的事怎麼辦』啦，『要是結花小姐想分手怎麼辦』啦。我倒是也沒……怎麼擔心。」

「為什麼擔心的方向都是指向我會搞出問題來啦……」

「不就是你平常給人這種印象嗎？反正就是這樣，所以爸拜託我，我才特地跑來一趟。」

「原來如此啊……也是啦，老爸多半會講這樣的話。」

我不由得大感厭煩。

那由對這樣的我看也不看一眼，理所當然地說了：

「也沒關係啦——所以？你們夫妻的關係進展到哪裡了？繁殖了？」

「妳沒頭沒腦問這什麼問題啊……」

「囉唆。做了嗎？」

「才沒有！」

「……咦？真的假的？」

那由一直不高興的表情第一次和緩下來。

於是她側眼看著我說：

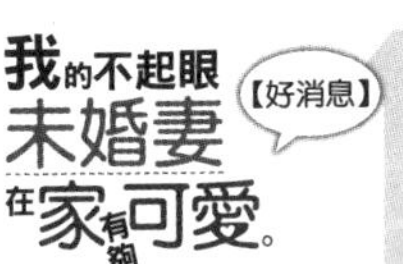

「可……可是你們是不是透過橡膠製品來預防，進行了模擬繁殖行為？」

「妳也繞太大圈，很難聽懂耶！不就跟妳說沒做了嗎！」

「咦……真的假的？」

那由張大了嘴看著我。

不要露出那種看著在室男的眼神，拜託不要。

「這樣啊。你們比我想像中更沒進展，真是太好……不太好啊。會感受到沒有女朋友的期間＝年齡的極限呢。」

「不要虧在室的……而且，我可是能夠在現實世界和女生一起生活了耶。妳不覺得光是這樣就很夠——」

「摸個頭之類的總有過吧？」

「啥？……呃，是有過啦。」

「呿！那接吻呢？」

「妳是在不屑什麼啦！」

「別廢話。回答我是ＹＥＳ還是ＮＯ。」

「……ＮＯ。」

「唔。裸體看過了嗎？」

第13話
妹：「哥哥，你從在室畢業了嗎？」←我該怎麼反駁才好？

「ＮＯ。」

「唔，小結有沒有主動讓你看到她裸體？」

「妳當她是什麼女色魔啦！ＮＯ啦，ＮＯ！」

這傢伙到底把我們當什麼了？

◆

「咦，小那？」

結花回到家，看到一手拿著手機在沙發上悠哉的那由，便發出驚呼聲。

「怎麼了？妳什麼時候回到日本的？」

「幾小時前吧。」

「對不起喔～～真想準備點好吃的東西給妳。」

「不用啦，我Peperon過了。」

「Peperon……？」

「只是吃了辣味蒜炒義大利麵啦，那由，妳態度友善一點。」

「我才不管。我就是我。」

「這樣啊。小遊做的義大利麵，好吃嗎？雖然大概是冷凍食品。」

「————！小遊……！」

也不知道這發言哪裡讓那由覺得不對勁，只見她猛然瞪大眼睛。

然後將手機放到桌上，輕巧地起身，抬頭看著結花。

她還是頂著一張撲克臉。我這妹妹態度真差耶。

結花看著這樣的那由，卻嘻嘻一笑。

「……妳笑什麼？」

「沒有，對不起喔。我只是覺得妳好可愛。」

「啥！妳看不起我嗎！我可愛？」

那由像小狗一樣大聲吠叫。

結花看著這樣的那由，笑逐顏開。

「好好喔，有小那這樣的妹妹。如果跟妳一起去買買東西，或是一起打扮漂亮，一定會很開心吧。」

「我又不做那種事，真的。而且，不要擅自把我當妹妹。」

那由很明顯地發窘。

真難得看到她動搖啊。

第13話
妹：「哥哥，你從在室畢業了嗎？」←我該怎麼反駁才好？

「怎樣？我又不是給人看的。」

「好好好，那我不看。」

「呵呵！那麼小那，晚餐我來做！等我換好衣服，就努力下廚做點好吃的。得想想妳想吃什麼才行了。」

結花說完，就要走向自己的房間去換衣服。

「慢著，小結。」

那由以強而有力的語氣制止了結花。

我和結花不由得面面相覷。

「呃～～小那？」

結花傷腦筋地歪頭，那由便輕描淡寫地對她說出不得了的話。

「就在這裡換衣服吧。」

「……咦？」

「我們是一家人，應該沒什麼好難為情的。」

「咦，咦咦咦咦咦咦！」

結花滿臉通紅，發出近乎尖叫的聲音。

那由似乎覺得她這種反應有趣，就得意地笑了。

「妳和哥不是夫妻嗎？你們衣服怎麼洗？該不會各自洗？明明是夫妻，卻連內衣褲都不敢讓對方看到？你們這樣相處得下去嗎？笑死。」

「我還是第一次現場看到有人說笑死呢！」

我一邊吐槽一邊拍了那由的頭。

「好痛……做什麼啦？」

「妳是在亂出什麼難題給人家！而且我們還只是未婚夫妻，不是夫妻——」

「不是流行過一首歌說什麼原原本本的自己嗎？既然是夫妻，這應該也很重要吧？」（註：《冰雪奇緣》主題曲日文版副歌歌詞）

「可、可是，這實在……那個……」

結花大腿相互磨蹭，忸忸怩怩地低下頭。

「妳看，結花也這麼說。這件事別再說了。」

「唉……哥你還是老樣子啊，一遇到困難就立刻扯開話題。從你把自己關在家，整個陷入二次元以來，就沒有一點長進。就算小結來了，你也沒有任何改變。」

「妳會不會太誇張了！我們是在談內衣褲吧？」

這丫頭為什麼愈來愈不高興啊？

平常我就不太懂這個妹妹，但今天她比平常更莫名其妙。

尷尬了一會兒。

那由白眼看著我……喃喃開口：

「……哥，你坦白說，住在同一個屋簷下的她只穿內衣褲的模樣，你真的不想看？」

「我是沒這麼說……」

「沒這麼說？」

結花嚇一跳似的抬起頭。

似乎是因為太難為情，只見她的眼眶微微濕潤。

看到結花這種反應，那由像個小惡魔似的得意一笑。

「沒錯，哥其實也想看。畢竟男人都是禽獸。」

「就是說啊……我在同人誌看過……」

「然後呢？所以妳——不肯為了滿足哥哥這種慾望而脫？」

我默默用拳頭在那由的腦袋上一敲。

大概是腦門這一記很痛，那由痛得說不出話，整個人坐倒在地。

「唔喔喔喔……」

「唉……對不起，結花，我的笨妹妹給妳添麻煩了。」

「我……我才要說對不起！小遊其實也……想看吧？」

第13話
妹：「哥哥，你從在室畢業了嗎？」←我該怎麼反駁才好？

「————妳說什麼？」

結花這句意料之外的話讓我的思考當場停機。

不知道結花對我的這種反應作何感想，只見她用力閉上眼睛。

然後將握緊的拳頭放到自己的腿上。

「今……今天我沒想到會有這樣的情形……穿的內褲很幼稚！這樣很難為情，所以，這件內褲……不行！」

————這件內褲不行？

咦，這麼說來，如果穿的是不同件，如果是更像樣的————

就ＯＫ？

我的腦袋一陣天旋地轉。

結花靦腆的模樣硬是牢牢揪住我的心。

她似乎是看了我這種反應後慌了，滿臉通紅地說：

「啊，呃、呃，就、就算不是今天，也、也是需要心、心理準備……之類的。」

「啊，不、不是。那、那個，就……照結花妳的步調來就好。」

我說話變得吞吞吐吐。

腦子都要短路了。

「……呿！」

那由看到我們之間的氣氛變得尷尬，莫名地顯得很不高興。

「那由，關於妳把事情鬧得這麼大，有沒有什麼話要說？」

「……我認為這世上也是有喜歡幼稚內褲的人。」

我默默用拳頭戳那由的兩邊太陽穴。

這傢伙把我當什麼啊。

連接吻都還沒有過，就提什麼內衣褲……未免太早了啦。

我們進行這種談話的時候。

……我忍不住妄想結花只穿內衣褲的模樣。這件事我絕對要對她們兩個保密就是了。

第13話
妹：「哥哥，你從在室畢業了嗎？」←我該怎麼反駁才好？

第14話 「一起洗澡也太不妙了吧？」結果……

「夫妻啊，會一起洗澡嗎？」

那由突然說出這樣的話，讓我和結花把味噌湯都給噴了出來。

我先擦擦嘴，深呼吸一口氣，然後開始開導那由。

「那由，沒有這種事。」

「是啊！小那，這有點太過火了啦！」

「真的？爸就說：『我年輕的時候也跟你們媽媽一起洗過澡啊……好想死。』所以我就想說不知道是怎麼樣。」

「既然他回想起來會難受，又何必提呢……然後呢，那由，對做出這種發言的老爸，妳怎麼想？」

「噁心。我無法。」

我想也是。

如果不是同性，這事夠我考慮斷絕父女關係了。

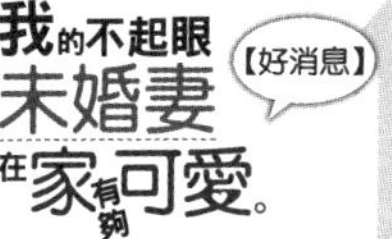

「可是，我覺得有道理。而且有句話說裸裎相見。」

「一般說到『裸裎相見』，都是用在同性一起泡溫泉之類的情形吧？」

「沒錯！男人與男人裸裎相見……學長發燙的臉頰、高大背影，學弟看了再也忍不住——」

結花、結花。

現在不是在聊ＢＬ，妳冷靜點。

「啊～～真是的……那由，妳為什麼要把話題往奇怪的方向帶啦？」

「……既然要和哥結婚，我希望她能努力達到讓哥滿足的水準。」

「我現在又沒有什麼不滿。」

「我沒覺得你們感情差，可是，該怎麼說……看起來還不像夫妻。」

「就說這沒關係了，我們有我們的步調。」

那由想說的話，我也不是不懂。

雖說我和三次元女生保持距離，但我也是個健全的高中男生。

滿腦子想入非非的情形也不是都沒有過。

可是，一想到搞不好會傷害到對方，就拿不出勇氣主動踏出——

「我、我會的！我……會跟小遊，一起洗澡！」

第14話
「一起洗澡也太不妙了吧？」結果……

結花朝著膽怯的我丟出了爆炸性宣言。

意料之外的這句話讓我大為動搖。

「結、結結結結結結花！」

「我、我們是未來的夫妻嘛，所以我會想更加相互了解，想讓小遊感受到更多幸福啊……」

「哦～～真是精神可嘉呢。」

不不不，我倒是覺得整件事失控得可嚴重了耶。

我家笨妹妹為什麼在這個時候露出得意的笑容啦。

「妳做好了努力的準備，讓我哥可以笑著度過每一天嗎？」

「當然！因為我，是小遊的——老婆！」

「……呿！」

於是——

我和結花必須一起洗澡。

◆

我坐在沐浴椅上，開著的蓮蓬頭將水不停往我腦袋上噴灑。

讓有力的水流沖了一會兒，我的腦袋稍微冷靜了些。

這裡是佐方家的浴室。

所以我當然——全裸。

雖然下半身圍著浴巾，上半身一絲不掛。

沒錯……就是全裸。

「呼……」

我聽著水打在地板上的聲響，思索著接下來將會來到的未來。

——小遊……不要盯著我看喔。

——不過，如果是小遊……要摸，也可以喔。

嘩啦嘩啦嘩啦嘩啦！

我拿起蓮蓬頭，從極近距離把水流往臉上噴。

就只是痛。

第14話
「一起洗澡也太不妙了吧？」結果……

嘴脣不停顫動。

但如果不這樣——總覺得妄想中的結花會讓我的精神都走樣。

「小～～遊！」

我瞬間全身一震……但冷靜啊，遊一。

雖說是結花，對方可是三次元的女生。

應該不會像二次元美少女那樣，總是往對我有利的方向發展。

你可不要期望過高，搞得自己大失所望啊。

不要得意忘形，搞得對方不舒服啊。

——不過，如果是小遊……要摸，也可以喔。

叩叩！

我把腦袋往浴缸的角撞。

為了消滅再度湧上心頭的邪念。

有夠痛的。

「喂，小遊！怎麼好像有東西撞得很大聲，你還好嗎！」

「我、我沒事……只是小小驅個邪。」

「說起來還比較像是被魔鬼上身會碰出的聲響耶……」

這也沒說錯，所以我無話可說。

「哥，情慾驅除掉了嗎？」

那由冰冷的說話聲從浴室外傳來。

不愧是我妹妹，兄長的行動都瞞不過她。

「那麼，小結要進去了。你們可千萬……要好好相處啊。呿！」

「妳是在『呿！』什麼啦！明明是妳搞出來的事件！」

「囉唆。」

才剛聽到她二話不說地駁回我的吐槽。

浴室的門就朝內側打開。

站在門口的是——

——穿著學校泳裝的結花。

「……呼啊？」

第14話
「一起洗澡也太不妙了吧？」結果……

腦內的處理速度跟不上事態，讓我不由得發出傻呼呼的怪聲。

眼鏡已經摘下，似乎是為了避免視野變模糊。

泳裝右下一帶還寫著名字「綿苗結花」。

這讓我知道她身上穿的這件——是「真貨」。

「對……對不起喔，小遊……全裸，還是太難為情了。」

「是我提議的妥協方案。」

「原來是妳幹的好事啊，那由……」

也是啦，身體是有遮住啦。

但有穿著學校泳裝的同班同學出現在家裡的浴室，這狀況也相當不妙吧。

甚至比全裸更有悖德感。

「那……那小遊，我進去了。」

「好、好啊……」

就這樣。

只把浴巾纏在腰上的我坐在沐浴椅上。

身穿學校泳裝的結花站在我背後。

——形成了這樣一個異常的空間。

「我……我幫你洗背喔～～」

「嗯、嗯……」

貼。

「咿！」

結花抹了沐浴乳的手碰到我的背。

她的手直接在我背上抹來抹去。

小小的手碰到我的皮膚……一想到這裡，腦子裡就漸漸一片空白。

「有沒有哪裡會癢～～？」

「不……不要緊……」

「你背可以再挺直一點喔～～」

「不……不要緊！」

我很感謝結花這麼說，但現在還是請讓我往前彎。

「肚子我也洗一洗喔～～」

「肚……肚子也要？」

「當然要啦！不好好洗乾淨不就沒有意義了嗎！」

溜。

第14話
「一起洗澡也太不妙了吧？」结果……

結花的手從我的腋下附近伸了過來。

然後滿手泡沫——搓洗我的肚子。

不時碰到身體的海綿觸感讓我忍不住想像結花穿著學校泳裝滿身泡沫的情景。

咦，這是什麼……會死……絕對，會死……

「……嗯～～」

結花在即將升天的我耳邊發出令人想入非非的呼氣聲。

接著像是下定了某種決心，低聲說了：「好！」

「小遊，解開你的浴巾吧？」

「什麼！」

「因為我想幫你洗得更徹底。我——覺得愈洗愈開心了！」

妳為什麼愈來愈起勁啦！

回頭一看，結花眼睛閃閃發光。

也太天真無邪了吧！

泳裝沾到水與泡沫，變得閃亮光滑。

我把腰彎得更低，幾乎和蝦子差不多。

再讓她洗下去，我會受不了啊……啊啊，她這種少根筋真的是……

「來，小遊，請你脫掉。」

「我無法。不行，我辦不到。」

「為～～什～～麼～～～！虧我身為你的太太，想為你盡心盡力～～～！」

「我已經夠開心了！已經棒透了！好了，結束！」

「我～～不～～要～～～我想更往上爬～～～！」

「不行的事情就是不行！那由！妳也來對結花說幾句話啦！」

「……嗯～～也對。」

那由的說話聲聽來比平常低。

咦？隔著門是看不見臉……但她好像不高興？

「那由？喂～～那由？」

「小那！我會努力！我會為了小遊的笑容努力的！」

「……小結，妳挺有一套嘛。」

「不用！真的不用！」

我拚命抓住浴巾，按在腰腿間不放。

結花（學校泳裝）抓住我的浴巾，拚命想搶走。

然後，雖然不知道是什麼情形，那由在門後顯得很不高興。

——這是什麼狀況啦！

「既然感情好，不就沒事嗎？呿！」

我覺得聽見浴室外的那由說話。

但我拚命想保護自己的重要部位……不太有餘力去聽懂她說了什麼。

第14話
「一起洗澡也太不妙了吧？」結果……

第15話 【感動】冷漠的妹妹，和我的未婚妻感情變好了

似長實短的黃金週假期也將在明天結束。

太陽已經完全西沉，庭院伸手不見五指。

我在露台上看著這樣的景色發呆。

並且大大地伸了個懶腰。

「結花好慢喔。」

結花說是今天要錄《愛站》，在傍晚出門了。

差不多快要晚上八點了，不知道要不要緊。我該去接她嗎？

「擔心嗎？」

我正心浮氣躁，身後傳來一道冷靜的說話聲。

回頭一看，發現是把浴巾掛在肩上的那由。

她頭髮尚未完全擦乾，比平常服貼。

「自己待在家裡，老婆卻工作到這麼晚，是什麼感覺？」

「妳這說法有語病吧。」

「呿！」

她抓了抓濕潤的短髮。

那由一身白底T恤配短褲的隨興裝扮，喃喃說道：

「明天我就回去。」

「是嗎？要好好照顧身體啊。」

「嗯。謝了。」

我聽見遠方的天空傳來飛機飛行的聲音。

雖然大都會的夜空看得見的星星很少，但像這樣看著，倒還挺漂亮的。

「小結她啊——」

「嗯。」

「一起住過之後，結果覺得怎麼樣？」

「嗯～～……比想像中更不錯吧，我過得挺開心。」

不知道是夜晚的氣氛還是妹妹的身分，讓我覺得不用顧慮太多。

平常說不出口的心情——今天卻莫名能夠清楚說出來。

「我啊，對哥國三時拒絕上學那陣子記得很清楚。」

「這樣改變自己——那由，妳滿意嗎？」

對於我的這個問題，那由想了一下，然後說：

「到了現在來看，很開心，我說真的。」

「所以妳希望我也這樣？」

「才不是……話說到那種程度就太傲慢了。」

那由忽然看向遠方。

然後沒把臉轉過來就喃喃說起：

「我就只是覺得如果哥能像以前那樣笑，就夠了。再怎麼說，我們是兄妹，我還是不太想看到哥難受的樣子。所以——如果你要和小結結婚，至少……」

這時那由轉過來面向我。

然後有點落寞地笑了笑。

「我會希望她是個能讓哥露出笑容的老婆。只有這個，我是說真的。」

這時，聽見了喀噠一聲。

通往露台的玻璃窗被人用力打開。

「對不起喔，小遊、小那！我回來晚了！」

結花似乎是用跑的回來，還喘著大氣。

她臉頰發紅，眼鏡上還有汗珠。

頭髮也變得亂糟糟的。

「真是的，我還想說你們跑哪兒去了呢。回到家一看，一個人都沒有。」

「妳跑了多遠啊？看妳渾身是汗。」

「啊～～！等一下！不可以再靠近！接近禁止令！」

結花看到我要跑向她，便大動作揮動雙手。

接著抓起短袖上衣的領口，往自己的鼻子湊過去。

「……現在的我汗臭味一定很重。討厭。」

「我又不會在意這種事。」

「不～～對，小遊一定會在意！因為，結奈就不會有汗臭味啊！」

才剛想說她怎麼說得這麼極端。

「我為了小遊……要成為一個無臭老婆啊。」

「——噗！啊哈哈哈哈！」

她還由下往上看著我，認真說出這樣的話。

我忍俊不禁，笑出了聲音。

「啊，等一下！不要笑啦。這對女生來說是很重要的問題！」

「抱歉抱……噗！啊哈哈哈哈哈！」

「欸，你會不會笑得太過分了！」

我被戳到笑穴，停不下來。

結花似乎不悅，鼓起臉頰生氣。

「真是的，小遊好沒禮貌！」

「就說抱歉了啦。總之，流汗不弄乾會感冒，我們進去——」

「呿！」

那由看著我們的互動，出聲了。

她把浴巾蓋到頭上，雙手手指插進短褲的口袋，走向室內。

「啊，小那。」

那由正要早一步回到屋裡，結果結花叫住她。

「……什麼事？」

那由停下腳步。

結花跑向那由，撥動她頭上的浴巾。

「不好好擦乾會感冒喔。」

「……不會啦，我又沒差。」

「才不會沒差。妳要知道，感冒也是很可怕的病喔。雖然我也是開始當聲優以後才對這種事情更敏感啦，傷到喉嚨是很可怕的事情喔。」

「……」

那由頭上蓋著浴巾，我看不到她臉上有著什麼樣的表情。

但她乖乖讓結花幫忙擦頭髮——所以至少確定她並未抗拒。

「看到哥會感冒，妳也會說一樣的話？」

「咦？當然會吧。關心丈夫的身體健康是太太的職責嘛！」

「哥寂寞的時候，妳會說什麼樣的話？」

「嗯～～寂寞的時候啊～～」

結花手按下巴，想了一會兒後。

笑咪咪地說了：

「大概會先逗他笑吧，讓他可以拋開寂寞。」

「……嗯。」

那由微微點頭，抓住浴巾兩端。

「妳就逗逗看吧，全力逗得我哥笑到累。」

接著那由背對結花——小聲說：

「哥真的要拜託妳了……姊姊（嫂嫂）。」

◆

那由回房間後。

我把拿來的浴巾交給結花，兩人不約而同看著天空。

結花一邊拿浴巾用力擦拭頭髮一邊指向天空。

「小遊，你看你看，今天是眉月！」

「還有月暈，明天是不是會下雨啊？」

「啊～～可能吧。黃金週最後一天下雨喔?好憂鬱。」

平靜的時間，寧靜的空間。

「……嘿嘿！嘿嘿嘿～～」

「妳這是什麼怪獸似的笑法？」

「怪獸！這樣講太失禮了吧？」

呃，妳想想看，妳的表情就很怪，還冒出笑聲。

「因為……她叫我『嫂嫂』耶。」

「妳有沒有兄弟姊妹啊？」

「啊～～……我們家那孩子啊，也不想想才國中，對我的態度卻好像我才是年紀小的那個，絕對不肯叫我一聲『姊姊』。」

「也是啦，看到在家的結花，這心情我也懂啦。」

「什麼意思啦！真是的，不是這樣啦！」

結花以根本凶不起來的表情瞪了我一瞬之後。

鬆了一口氣，微微一笑。

「這讓我覺得小那接納了我作為一家人，所以我想說『啊～～我和小遊成了一家人啊』——這樣不是很幸福嗎？」

「我們都訂婚了，之前也跟一家人沒兩樣吧。」

「是沒錯，但能夠讓其他家人接納，不就更會覺得是一家人嗎？」

接納……這麼說的確也是啦。

畢竟那個倔強又毒舌的那由都說出「拜託妳了」這種話。

結花想當個好太太的努力，不只是我，也讓家人感受到了——我是這麼想。

「……我也得再努力點啊。」

「嗯？你說了什麼嗎？」

「沒有，我什麼都沒說。」

「咦～～？什麼啦，這樣多讓人好奇！」

「……你們要演到什麼時候？鄰居都要受不了了。」

那由拉開通往露台的窗戶，朝我們瞪過來。

結花跑向這樣的那由，搔著她的頭說：「好可愛！」

原來啊。我這個棘手的妹妹，弱點就是很不會應付這種類型啊。

我正想著這樣的念頭——那由就認真瞪了我一眼。

「……哥，不准笑。我說真的。」

第16話 【圖片】裙底若隱若現的那玩意兒

黃金週假期的最後一天，那由再度離開了日本。

雖然她對我總是「呿！」、「煩」，態度一如往常地辛辣。

但對結花就不知道怎麼回事，還要求跟她握手。

「妳要和哥好好相處……我說真的。」

「嗯！小那也要再來玩喔！」

她的頭低得甚至看得見頭頂，所以看不見她是什麼表情。

但不知道是不是錯覺，那由的聲調似乎比平常──平靜了些。

「不知道小那平安到家了沒。」

「應該不要緊吧。她是那種就算墜機也不會死的類型。」

「那根本不是人了吧。」

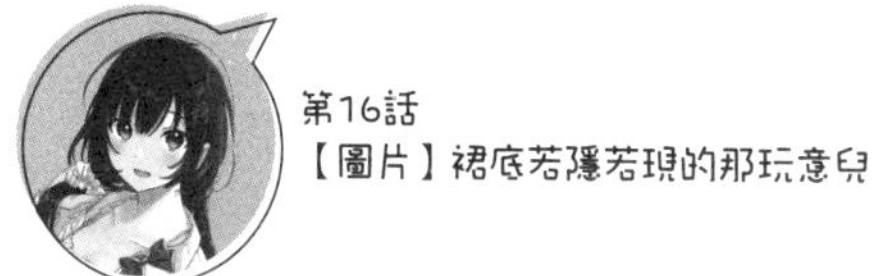

通學路上，結花笑著對我的玩笑話吐槽。

黃金週結束後的第一天上學，換作往年，我會提不起勁……但今年不一樣。

有結花在，所以不無聊。

不知不覺間，我們兩個人一起上學似乎也漸漸變得理所當然。

「小遊，小遊！」

雖然結花過火地想黏我，不免讓我有點困擾就是了。

畢竟這裡隨時都可能撞見同班同學。

——綁成馬尾的頭髮隨風搖曳。

由於戴著眼鏡，她的眼神比在家時顯得銳氣一些。

但對我天真笑著的嘴仍是平常的結花。

◆

「呀喝，佐方！最近過得好嗎～～？」

我一坐到自己的座位，二原同學就跑來響亮地拍了我的肩膀。

然後甩動她的咖啡色長髮，輕巧地坐在桌上。

只遮到大腿的迷你裙本就遊走邊緣，這樣一來角度更加刺激。

「你在看哪裡啊～～」

二原同學笑著對我說出不得了的話。

「我……我哪裡都沒看啊。」

「你騙人～～你剛剛想看我的內褲吧？」

「沒有。請不要這樣。」

「畢竟你也是男生嘛，我都穿這種裙子了，你當然會好奇啊～～」

「請不要這樣。不是的。是真的。請妳相信我。」

二原同學也許是開玩笑，但我真的是提心吊膽。

而且一個弄不好，就會社會性死亡。

被誣陷為色狼而遭帶去警局的大叔們是什麼心情，現在我非常清楚……

「——二原同學，可以打擾一下嗎？」

在這幾乎一瞬間就讓空氣凍結的極致冰冷的說話聲中。

「綿苗結花」一個閃身，攔在我與二原同學之間。

二原同學傻笑著對結花揮手。

「呀喝，綿苗同學。啊，我們下次再像之前一樣，去唱卡拉ＯＫ——」

「二原同學……妳這樣子，不檢點。」

結花眉毛動也不動一下，毫不留情地截斷了談話。

「這……這是妖精打架啊……！」

阿雅看著案發現場，說出莫名其妙的話。

大概是這句話傳播開來，四周也開始譁然。

然而，結花不會因為這樣的氣氛就停手。

「二原同學，佐方同學細細地盯著妳看，會敗壞風氣。別這樣。」

「我……我沒看——」

「佐方同學。」

結花說話的聲音令我從裡涼到外。

她明明只是叫我的姓氏，卻讓人感受到一種宣判死刑似的沉重……讓我忍不住閉上了嘴。

二原同學似乎察覺到氣氛有異，便迅速從桌上下來。

「也是～～畢竟佐方是個悶聲大色狼嘛。看到我這樣的美少女擺出不堪入目的模樣，就是會忍不住看得出神啊。」

「我沒有。請不要這樣。我沒有。不是的。」

「看了，還是沒看——這無法舉證。」

結花與口氣輕佻的二原同學成對比，始終不改冰冷的態度。

接著，她露出我在家與在校都不曾見過的冰一般的表情。

「不管是哪一種，我認為對女生的肢體產生性興奮……很齷齪。」

◆

「我哼～～！小遊是笨～～蛋！笨～～蛋！看二原同學露出腿就興奮起來——好齷齪！爛透了！」

結花的ＩＱ下降到50左右。

她快步回家，我還以為她是在生氣。

但看到她隨手把書包一扔，待在客廳裡臉頰鼓得老高的模樣，似乎又不是在生氣。

「我……我說啊，結花……」

「你看了吧！好色！」

「不是說看了或沒看這件事沒辦法舉證嗎？」

「啊～～啊～～！我聽不見藉口～～！唔哇！我什麼都聽不見耶！這是因為你都只說藉口吧！」

「是因為妳摀住耳朵吧。」

我一想說話，結花就鼓起臉頰鬧情緒。

她用力閉上眼睛，摀住耳朵，突出下唇。

表情有種難以言喻的呆樣。

讓我忍不住——笑了出來。

「你為什麼笑～～我明明這麼生氣～～」

「好好好，妳生氣是吧。」

「心情都不會變好啊～～唉～～小結好可憐。」

「真是的，要這麼鬧彆扭？」

「哇啊！是厚起臉皮魔神～～！」

我朝大吵大鬧的結花一鞠躬。

只要是男生，任誰都會做出一樣的反應。真的。

「……………是這樣嗎？」

用手遮住眼睛的結花朝我瞥了過來。

沒什麼哭過的痕跡。

果然是假哭啊。

「真的。不是因為是二原同學，是因為若隱若現，視線就忍不住飄過去。」

照這個解釋，會變成認同就是想看內褲的我——但這也無可奈何。

畢竟，各位想想看。

「試著去看二原同學的內褲」跟「試著去看若隱若現的內褲」。

喏，意義完全不一樣啊。

「所以小遊不是想看二原同學的內褲……」

「不是。肯定不是。」

我極具男子氣概地斷定。

這時的我，想必有著非常雄姿英發的表情吧。

結花看著這麼果決的我，慢慢開口說——

「…………那麼，如果是我的呢？」

「什麼？」

意料之外的發展接踵而來，讓我不由得發出怪聲。

大概是我的反應讓她難為情，她的臉一口氣變紅。

「如、如果……是我的，例、例如說，二原同學和我穿著一樣的裙子，用一樣的姿勢坐下……這樣小遊……會比較想看我？」

結花吞吞吐吐地這麼說完，雙手輕輕放到自己的裙襬上。

接著——慢慢地……

裙襬往上掀起。

結花又白又細的迷人雙腿露了出來。

得讓她停手。

想是這麼想……但我發不出聲音。

因為，這和剛才不一樣——太令人怦然心動了。

因為在二原同學那時並未感受到的一種從內心深處湧上的奇妙感覺……麻痺了我的腦。

「……唔～～……」

就這樣——眼看只差一點點，裙底風光就要現出的時候。

結花的手完全靜止。

「……小遊，笨～～蛋，色鬼～～……」

「不不不！妳這說法太奇怪了吧！這是仙人跳嗎！」

「……唔～～……對不起～～……」

對於拚命想辯解的我，結花身體發抖之餘……

由下往上看著我，輕聲說了——

「我還是，很害羞……」

「那還用說！好了啦，放下裙子啦！」

鬧了一陣。

結花把裙子穿好，撲向沙發，把臉埋進坐墊。

多半是搞得太過火，感到難為情了吧。

她仍然埋住頭，含糊地喊著：

「啊嗚嗚……」

「受不了，妳就是起了這種奇怪的競爭……意識……」

我話說到一半。

硬是接不下去。

——因為……

結花不設防地撲向沙發，裙襬飛起……

「……嗯？小遊，怎麼……了……！」

結花的尖叫迴盪在整個家裡。

她朝我使出一輪粉拳瘋狂連打。

但我的腦袋裡已經染成清一色的「白」……

好一會兒，我完全無法去想別的事情。

第17話 【愛廣 公布謎底】結奈所說的「弟弟」啊……

我默默看著漫畫，聽見手機響起鬧鐘聲。

我立刻合上漫畫，拿起手機。

接著關掉鬧鐘，急忙移動到電腦前。

事先開好的網路廣播官方網頁。

我閉上眼睛，深深吸氣。

——慢慢地點開音源。

『各位聽眾朋友大家好！《Love Idol Dream！Alice Radio☆》——要開始嘍！』

從去年年底上線的《愛站》網路廣播——通稱《愛廣》。

這個節目的特徵就是並未安排固定的主持人。

每次都會有兩名愛麗絲偶像被找來當電台主持人。

前半是以角色的身分談話，後半則是以聲優身分展開自由對談。

對《愛站》的粉絲而言，是個美夢般的節目，因為當主持人的機會會輪到自己最推的角色。

『那麼，今天的主持人……首先由我開始。那麼各位聽眾，用錢買不到的東西，我們一起出門去找吧——為出流配音的「掘田出流」，還請大家多多指教。』

出流是個總是能擠進排行榜前二十名的人氣愛麗絲偶像。

她出生在油王的家庭，從小過著毫無匱乏的生活，產生了「用錢買不到的東西」才重要的想法。

就結果而言，她成了愛麗絲偶像——為了把「用錢買不到的笑容」呈現給大家，日以繼夜地努力。

『然後是另一位主持人。』

「要來了，要來了……」

我按捺高昂的興奮，盯著ＰＣ畫面看。

沒錯，今天的另一位主持人是——

『大家好！啊，等等，就說不要把我當小孩子看待啦！今天結奈會帶給大家非常非常多的歡樂……大家可要覺悟喔——我是為結奈配音的「和泉結奈」！大家多多指教喔～～！』

結奈——十四歲，國中生。

被妹妹奈奈美找去一起應徵，結果成了一對姊妹偶像的平凡女生。

她天真爛漫，活力充沛。處在有點想趕快長大的年紀，想讓自己看起來「成熟點」，因而會接連搞出各種少根筋失誤的笨手笨腳的女生。

雖然有些時候會像個小惡魔似的進逼，但中途又會感到害臊而停手，個性非常純真，而且著實是個非常愛撒嬌的女生。

——坦白說，以排行榜來看，從下面數來比較快。

但排行榜根本沒有意義。

因為在我心中，結奈——無論什麼時候都是第一名。

「……呼。」

我發現自己忘了呼吸，於是深吸一口氣。

啊，順便說一下，我找事情支開了結花。

就算她知道我就是「談戀愛的死神」……這種情景還是太令人害羞，實在不敢讓她看到。

我端正地跪坐在椅子上。

將所有神經集中在《愛廣》上。

『妳好，出流！』

『結奈，妳今天也活力滿滿呢。』

接著展開了一段小劇場。

『嗯！因為有活力就是結奈的長處嘛！只要結奈笑，大家就會跟著笑！這樣大家都會很幸福吧？』

『好棒呢。這是不折不扣的用錢買不到的幸福……我也想讓大家盡情歡笑。』

結奈活力全開，出流則是文靜溫馨派。

這漂亮的安排讓廣播節目的氣氛變得非常棒。

說得保守點，這一集是神集。

『話說回來……結奈很大吧？』

『嗯？會、會嗎……被盯著看還挺害羞的～』

『我家裡不缺石油……可是，胸部就不太……還是大一點比較好嗎……』

『很難說吧？雖然我常聽說男生喜歡大的。』

臭小子！寫這劇本的這傢伙！

就是這傢伙在結花心中植入了「男生都喜歡大胸部」這種印象吧，一定是！

『可是，出流很可愛。看到妳這樣，大家都會覺得不能丟下妳不管吧？』

『這句話，我要原封不動奉還給妳喔。因為我也想變成像妳這樣開朗又迷人的女孩子。』

『結奈是覺得……如果自己可以更端莊一點就好了喔。因為出流顯得好成熟，結奈也要學會成熟點！』

妳現在這樣就很可愛了～～！

有點稚氣的一面，以及嚮往大人的一面，全都很可愛～～！

應該說，結奈光是存在，全世界就會充滿了幸福耶。

因為從遇見結奈的那一天，我就一直——是對結奈「談戀愛的死神」。

◆

接著節目也進行到一半，進入了自由對談單元。

『各位觀眾，我是掘田出流～～大家好～～』

『大家好！我是和泉結奈！初……初次見面！』

『結奈，妳太緊張了啦～～而且一定也有聽眾不是第一次聽妳的節目。』

『啊，說得也是……那……那就不是初次見面！』

她緊張的方式好猛啊。

自由對談最精髓的樂趣在於不以角色立場，而是聲優之間的互動——聽說啦。

之所以說聽說……

是因為本來的我對裡面的人沒有那麼多興趣……以前都只聽前半的小劇場。

可是，這次不一樣。

因為平常和我一起生活的——我老婆，演出了啊。

『結奈是跟我同一間經紀公司的師妹～～』

『是的！平常都承蒙掘田師姊照顧！』

『咦？記得妳家鄉不在關東地區吧？妳是一個人住嗎？』

『啊～～……到前陣子還是。』

『到前陣子？啊，我是不是問了不妙的問題？要剪掉嗎？』

『不……不是啦！最近我弟弟也來我這邊，然後想說房租花費太高，就一起住了。』

『啊～～所以是結奈和弟弟兩個人住？』

『是的，就是這樣！』

『唔哇……好色。』

『好色？這是為什麼？是弟弟耶！』

第17話

【愛廣　公布謎底】結奈所說的「弟弟」啊……

『畢竟……妳弟弟是學生？』

『是的，高中生。』

『哦～～那不就很色嗎？』

『才不色！掘田師姊的想法才更不妙得多吧！』

結花拚命否認。

節目配合她慌張的感覺，插入第三者的笑聲。

然而——身為聽眾的我，心臟卻像敲得很急的鐘一樣怦怦跳個不停。

呃……

畢竟結花現在跟我一起生活。

她有兄弟姊妹，應該也待在家鄉。

而且她還說了是「高中生」沒錯吧？

順便說一下，我也是高中生。

——也就是說？

『我弟弟非常紳士，請不要用掘田師姊的妄想玷汙他！』

錯不了。

這……說的就是我。

『什麼嘛，不要把我說成一個糟糕的人啦。妳照常理想想，有一個這麼可愛的姊姊在家裡，只要是健全的高中生一定會心動啦！』

『我們感情是還不錯啦……可是他不會用這種奇怪的眼神看我喔。而且我弟平常就說他只對二次元有興趣！』

『那不也挺糟糕的嗎？』

披上「弟弟」的皮來談「未婚夫」——她也太有膽了吧。

綿苗結花……這孩子真可怕。

『順便問一下，你們感情是怎麼個好法？』

『呃，就是會一起看動畫，還有上學也是兩個人一起。』

『感情根本超好的嘛！這樣看來，妳弟弟一定對妳心動啦！』

『嗯～～我覺得我還比較心動！我不是指色色的那種，是指很喜歡！』

ＯＫ，我吐血了。

雖然不是實際吐出血，但真的是令人吐血。

這根本已經是公開處刑了吧。

一旦穿幫，我會被全國的粉絲宰了啊……真的會。

『結奈這麼喜歡弟弟啊。』

第17話
【愛廣　公布謎底】結奈所說的「弟弟」啊……

『是啊，我最喜歡了！』

『順便問問，結奈的弟弟有沒有長得像藝人裡的誰呢？』

『像狗狗！』

『我說的是藝人耶！』

結花絲毫不理會掘田小姐的吐槽，一口氣說個不停。

『平常的他啊，就像黃金獵犬！比我高大，又很帥氣，有種在保護我的感覺。說是這樣說，說是這樣說啦！可是有時候，該怎麼說……又會像吉娃娃！讓我覺得哇～好可愛……好想吃……這種感覺？覺得真的是好可愛，我好喜歡！這種感覺？大家懂我的這種感覺嗎！』

『懂、懂吧……』

妳經紀公司的師姊已經完全被妳嚇傻了耶！

妳醒醒！還有別再說了，結花！

『最近，我們都一起睡！』

『一起睡！他是妳弟弟耶！』

『是的，是我弟弟！然後有一天，我深夜醒來。結果一看，發現弟弟就在我旁邊睡得很香甜。他那個樣子有夠可愛的！讓我覺得我最喜歡他了！』

我睡覺的時候妳是這樣看待我的嗎！

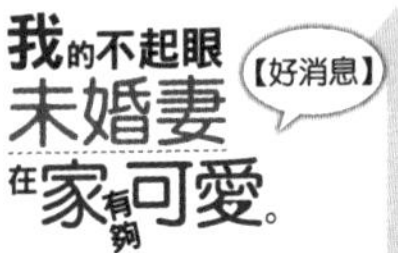

而且，這是網路廣播耶。全國都可以收聽沒錯吧？

別再散播我的資訊了……我說真的。

但結花並不自重，繼續進行爆炸性談話。

『然後，我就忍不住了。』

『咦？忍？妳該不會是說？』

『是……我做了。』

『做了？』

『是啊……偷偷對睡著的弟弟做了。』

『做了！』

『不行嗎？』

『不管是法律上還是節目上都不行吧！』

結花太自由的談話讓掘田小姐的情緒完全失控了。

而且真虧這一集能播出。

『咦……順便問一下，妳做到什麼地步？』

『咦，只有一點點喔。只有最前面一點點……』

『原來是全部～～！』

第17話

【愛廣　公布謎底】結奈所說的「弟弟」啊……

———咦？

咦？咦？最前面一點點？我的？

我的最前面一點點在我不知不覺中，從「在室」畢業了……？

結花言行失控。我的腦內在妄想。

啊啊……這樣啊。

我已經成為「男人」了啊。

我本來以為這一天還很遙遠呢。這樣啊。

再見了，曾是小孩子的我……

『真的就只有最前面一點點喔，用指尖……朝弟弟的臉頰，戳了一下。』

「「……什麼？」」

掘田小姐和我說話的聲音完全重合。

但結花還是用一樣的調調繼續說：

『就是我一想到他的睡臉好可愛，就再也忍不住，朝他的臉頰戳了一下。』

『……哦？』

YUUNA♥

『啊，妳在懷疑吧？妳的眼神在懷疑吧？』

『呃，唉……』

『掘田師姊真不簡單！對不起，我說謊了。其實我戳了幾十次！』

『啊，是喔……』

『軟綿綿又有點彈性的感覺，讓我差點沒給萌死！啊啊，光是這樣講著，都讓我想起那柔軟的感覺。』

『好的，進廣告～～』

《馬上退休！神奇少女》的藍光光碟已經確定要上市了！

第一集的初回生產版收錄迷你劇場《鮭魚粉色的日子》。

還送三位魔法少女聲優的簽名胸針，竟然只賣六千三百圓。

大家一定要好好看我們大展身手喔。我說真的。

不買的傢伙——我可要把你們收拾掉☆

◆

「呀啊啊啊啊啊啊啊啊啊！」

「唔哇！」

我正聽著唐突插進來的廣告，突然聽到一陣尖叫。

我趕緊回頭一看，發現購物袋脫手掉到地上的結花。

她的嘴脣頻頻顫抖，眼鏡底下的雙眼水汪汪。

「咦，為什麼，這……我明明說過這不可以聽！」

結花迅速跑向我，強制關掉了ＰＣ。

「啊啊！都只剩五分鐘了！」

「笨～～蛋！都叫你不要聽了！為什麼還在聽！」

「反了吧？妳怎麼會覺得結奈當主持人的神集我會不聽啦？」

「不要幫自己找台階下！」

結花以平時罕見的氣勢興師問罪。

「……難不成，剛才之所以要我『去買個東西吧，大概花個三十分鐘』，就是為了這個？我

真不敢相信……竟然趁我不在，這樣背叛我！」

「咦，為什麼妳說得像是我把別的女人帶進家裡一樣？我只是在妳不在家的時候，聽著有妳登場的網路廣播……」

「想也知道是因為會害羞吧！」

結花伸直了手指朝我一指，臉頰鼓得脹脹的。

然後——低聲說：

「……我得意忘形，講了一大堆你的事。而且……這樣就會穿幫。」

「呃……趁我睡著的時候，戳我臉頰。」

「啊～～果然穿幫了嘛～～！笨蛋～～！」

結花胡亂揮動雙手。

接著下一瞬間……開始垂頭喪氣。

「你討厭我了？」

「為什麼？」

「因為我趁你睡覺時偷襲。」

「呃，這……也只是臉頰……」

「咦？沒關係嗎？」

結花態度急轉直下，轉而以閃閃發光的眼睛看著我。

然後輕輕舉起左手。

「……不好意思～～那如果是臉頰，就可以摸嗎～～？」

「這是在問什麼啦！被妳這樣鄭重地問，就會忍不住遲疑好嗎！」

「沮喪……」

「不要露骨地沮喪！」

「那麼，可以嗎！」

「就～～說～～了……」

就這樣——

我和結花的「可不可以摸臉頰」問答持續了三十分鐘左右。

啊——順便說一下。

《愛廣》的後續，我趁結花洗澡時好好聽完了。

第17話

【愛廣　公布謎底】結奈所說的「弟弟」啊……

第18話　我本想看護，但不會煮粥，順利陣亡

「是，我認為是『大西庇阿』。」

明明是突然被老師叫到，結花回答得若無其事。

接著結花正準備坐下……

卻砰的一聲，手肘撞到桌子。

「啊……對不起……」

結花一鞠躬，坐下，有些慌了手腳

「…………？」

這一連串的行動讓我隱約覺得有些不對勁。

是怎麼回事呢……算是所謂未婚夫的直覺嗎？

◆

「咳！咳咳咳！」

「啊～～……果然。」

回到家沒多久。

我強行遞出體溫計讓結花量體溫。

該說不出所料嗎？顯示出來的數字明顯高於正常體溫。

「結花……妳這肯定是感冒了吧。」

「我……我才沒有感冒！只是體溫因為不明原因暫時上升！」

「妳說的那種才更可怕吧！」

她為什麼這麼堅決不肯承認是感冒啦。

「我沒事了啦！我去做晚餐！」

「慢著慢著！」

結花踩著搖搖晃晃的腳步就要走向廚房，我趕緊制止。

「唔～～！不要來礙事～～結花要煮飯～～！」

「不用了，今天我來煮。」

「煮飯是結花的工作～～！小遊的工作是吃～～！」

「可是妳身體狀況很差。」

「才不差！結花是充滿幹勁，身體才會發熱！」

「這就是發燒。就是白血球在戰鬥。」

臉頰發紅，還不時猛咳。

而且整體的說話方式都退化了。

結花明明身體不舒服，卻堅決不肯改變心意。

可是啊，她都一副累癱的樣子，還要讓她做飯，這實在……

「啊。」

「怎麼？我話先說在前面，不管你怎麼說，我都打算盡自己的職責～～！」

「結花，這情形……是不是發生了『夫妻的特殊事件』？」

「……夫妻的，特殊事件？」

這句話讓結花突然有了反應。

好！開頭還挺順利。

「沒錯。平常太太總是照顧先生，然而這樣的她卻生病了。」

「嗯嗯。」

「於是先生想到，『我們平常都只各自扮演自己的角色』，正是這種時候才更適合試著進行互換職責的事件。」

「我們……」

「互換了～～！」

「——像這樣？」

「雖然總覺得不太一樣，不過差不多就是這種感覺。」

即使交涉到這個地步，結花仍然手按下巴，沉吟著說：「可是啊……」

她實在很倔強。

然而，一想到結花身體不舒服，這時我不能讓步。

我下定決心，將雙手放上結花的雙肩，正視她的臉。

「結花。」

「什……什麼！」

處在這鼻頭幾乎都要碰在一起的距離感，結花滿臉通紅。

我看著這樣的結花，耐心勸說。

「夫妻不是應該互相幫助嗎？等我們結婚後，我想也會遇到太太脆弱時由丈夫幫助她的情況。所以結花，這是妳身為太太的職責——讓我照顧妳。」

「要……要被小遊的技巧，看護了嗎～～？」

「怎麼意思好像不一樣？而且妳講話舌頭都不靈光了！」

「妳這麼說就戳到我的痛處了。可是，這次是緊急事態……」

『自己谷歌啦，真的。』

——嘟！

那由無情地留下這句話就給我掛斷了電話。

這妹妹也太薄情了。

「唉……沒辦法，也只能谷歌啦……」

我前往廚房，深深嘆了一口氣。

結果……

我發現廚房角落放著一本筆記本。

封面寫著《結花的祕密食譜☆》。

「食譜……？」

☆小結咖哩☆

①將蔬菜去皮，切成一口大小！肉也是一樣的大小！

②平底鍋放沙拉油，用中火炒肉。要先炒肉，注意！

③把蔬菜一口氣倒進去，開始炒菜。　■重點　洋蔥要炒到呈現透明■

④加水，煮十五～二十分鐘。

⑤放進咖哩塊，全部溶解。然後燉煮十分鐘左右……

⑥噔噔～～完成！

「這是什麼……」

這本透出天真氣息的食譜實在太有結花的風格——讓我不禁莞爾。

結奈多半也會做這樣的事情。

結花和結奈，個性果然有共通點……

「啊，而且，這個……說不定有用。」

於是——

我決定細讀《結花的祕密食譜☆》。

◆

「——嗯。」

「啊，早，結花。」

「小遊……咦？我真是的，是幾時睡著了！」

結花趕緊坐起身。

退熱貼從額頭上掉下來。

「咦，這個……」

結花睜圓了眼睛，看著放在被窩旁的「那個東西」。

她這種反應讓我很難為情，撇開了臉。

「這個粥……是小遊煮的？」

「這，嗯，算是吧。」

「我可以吃嗎？」

「……滋味不能保證就是了。」

我一邊這麼說一邊把毯子披到結花肩上。

結花戰戰兢兢地拿起湯匙，從碗裡舀起粥。

「……咳！咳！」

結花才剛把粥含進嘴裡，緊接著就猛然嗆到。

我趕緊遞出裝了麥茶的杯子。

結花先一口氣喝完麥茶，然後噘起嘴說了句「真是的」。

「放太多鹽了啦。我都嗆到了～～」

「咦，是喔……果然乖乖做食譜上的菜就好了啊。」

「食譜？」

起初我想從《結花的祕密食譜☆》裡找出粥要怎麼煮。

然而翻遍整本食譜，都沒看到寫有粥的煮法。

話雖如此，咖哩或燉菜又不好消化，讓我很煩惱。

我傷腦筋到了極點──於是又打了一通電話給那由。

『我又不是為了煮粥才來到這世上的。』

轉眼間就被擊沉。

而且電話還被設定成拒接。

所以到頭來……我也只能上網查，然後盡量煮得像樣點。

「小遊，你之前一個人住吧？是粥耶，之所以沒寫在食譜上，是因為這是基礎中的基礎……你真的都沒在下廚呢。」

「慚愧……」

太太感冒昏睡，自己卻連看護都做不好，讓我有點沮喪。

可是，結花嘻嘻一笑。

「小遊，這粥給我吃吧？」

「咦？可是這很鹹吧？還是別勉強……」

「嗯～～……可是總覺得吃了就會有精神。你看，我吃了一口，表情就變得好一點了吧？」

「……有嗎？」

「所以啦，啊～～」

「什麼！」

結花突然閉上眼睛，把臉朝我湊過來。

然後微微睜開眼睛看著我，開心地頻頻晃動身體。

「啊～～好沒力～～我處在連湯匙都拿不起來的年華～～有沒有人肯餵我吃飯呢～～不吃飯會餓死～～啊～～」

「我怎麼覺得妳剛剛就自己吃了。」

「那是長得一模一樣的分身怪結花，不是我不是我。」

結花淘氣地吐出舌頭一笑。

我先嘆了一口氣表示放棄抵抗，拿起了湯匙。

「來，結花，啊～～」

「啊～～！唔唔……好吃！」

結花就像在超高級餐廳吃了全餐一樣，高興得誇張。

明明是一碗放了太多鹽，太鹹的粥。

然後結花配著茶喝——吃完了粥。

「我吃飽了。謝謝你，小遊！」

「啊，嗯、嗯……」

她率真的笑容讓我有點難為情。

我低著頭說給自己聽似的低聲說：

「……下次我會努力煮出好吃的東西。」

雖然我這麼沒出息。

但我想到身為未婚夫——得好好支持她。

「……小遊這種體貼的地方，我最喜歡了。」

結花低聲說了這句話。

但要回答實在太害臊——於是我假裝沒聽見。

第19話　【超级壞消息】遊戲活動和學校活動撞期

「哼，哼哼～～♪」

我在客廳悠哉，看見結花開開心心地走出房間。

她雙手捧著的是一件我不曾看過的衣服。

她拿著衣服在我面前晃。

這樣完全是在等我吐槽啊。

「小遊，我要出題考你～～這是什麼呢～～？」

「最近買的衣服？」

「錯～～不是～～」

結花露出淘氣的笑容。

「正確答案呢，是下次的活動要穿的衣服～～！」

「妳說……什麼……？」

活動用的衣服？

這該不會是——

「結花……妳會參加《愛站》的活動？」

說來不好聽……結奈在人氣排行榜是後半段的常客。

雖然我很喜歡她，但她明明應該不是能參加活動的主流角色啊！

「其實本來照計畫是掘田師姊要出場，但後來她不能參加，才會緊急改由我，還有另一位同經紀公司的愛麗絲偶像演出，屬於代打就是了。」

「那還是很厲害啊！太好了，結花！」

「嗯！謝謝你，小遊！」

雖說參加的過程有些曲折。

結奈也終於到了會被提拔去參加活動的地步啦……

我感慨太深，忍不住眼眶含淚。

「所以呢……噔噔～～！這就是重現結奈舞台裝的衣服～～！」

我沒有預備動作，喀一聲站起來跑向結花身邊。

粉紅色連身洋裝上到處都有蕾絲裝飾。

裙子左側還有個黃色大蝴蝶結。

說得保守點，是天使的羽衣。

「小遊，怎麼樣？」

「鼻血都要出來了。」

「咦！抱歉，沾到血真的會被罵！」

結花被我的發言嚇了一跳，趕緊把衣服拉向自己。

然後朝我瞥了一眼。

「呃～～……想看我穿起來的樣子嗎？」

我想像結花穿著和結奈一樣的服裝，滿面笑容的模樣。

「小遊？」

結花戳了戳我的肩膀。

但我什麼話都說不出來。

「……我哼～～小遊是笨～～蛋。不給你看了。」

「啊，不……不是，那個……」

「既然不想看，就算了啊。」

接著看到結花扮了個鬼臉。

然後砰的一聲關上門，跑到隔壁房間去了。

第19話

【超级壞消息】遊戲活動和學校活動撞期

我覺得胸口一陣刺痛。

「結花，不……不是啦！該怎麼說……」

想看還是不想看。

這種問題，當然……想也知道是想看。

可是，同時我也會害怕。

因為一旦看到結花穿著和結奈一樣的服裝，滿面笑容的模樣。

我怕她們兩人的身影會完全重合。

我怕以後只喜歡二次元的決心——就會動搖。

…………可是——

那些都只是藉口。

「……我想看。」

我下定決心，朝著門後的結花說了。

「結花穿著舞台裝的樣子，我想……第一個看到。」

門咯嚓一聲打開了。

「真是的！竟然讓結奈等這麼久，這樣太離譜了喔！」

出現在門口的——是和結奈一模一樣的結花。

把雙馬尾綁在頭頂的咖啡色頭髮。

像貓一樣噘圓的嘴唇。

在事件抽卡中看過的粉紅色連身洋裝非常耀眼。

然後，黑色長筒過膝襪與裙子之間——有著幾公分的絕對領域。

她實在太可愛，讓我說不出話來。

「這次的活動，最後大家要一起唱主題曲！到時候結奈就要穿著這個……唱歌跳舞！」

「我去。我一定去。」

門票我都已經買了。

當時沒料到結奈會出場，但我已經和阿雅約好要去。

「我一定會去看，因為『談戀愛的死神』早就決定無論什麼時候都要支持結奈。」

「嗯！小遊……不對，是『談戀愛的死神』先生！謝謝你一直支持我！」

活動是在下下週的週日。

當天能不能快點到來呢？

我實在太期待……在那之前，可能會連日睡不著覺。

◆

翌日。

我和結花一如往常地上學，在各自的座位坐下。

「喂，遊一，你聽說了嗎？下下週的《愛站》現場活動……蘭夢公主和結奈公主確定要緊急參戰了耶！Are you ready？Yeah——！」

我就坐的同時，阿雅非常亢奮地呼喊。

甚至整個人蹦蹦跳跳，讓不知道發生什麼事的周遭一片譁然。

「你先冷靜點……」

「我才要說你為什麼可以這麼冷靜！你老婆要第一次參加現場活動好嗎！給我High起來啊，High起來——」

「倉井！坐好！你也太High了吧！」

阿雅一個人大吵大鬧，被走進教室的班導大聲怒斥。

阿雅被鄉崎老師的魄力震懾住，踩著沉重的腳步回到自己的座位。

「……竟然會因為太High被鄉崎老師罵，倉井好好笑。」

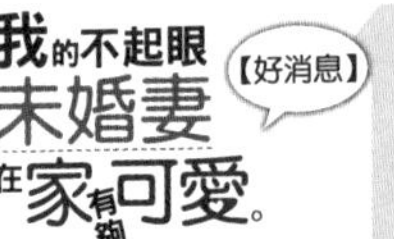

斜前方的座位上，二原同學笑著對我說話。

的確，竟然會被典型的熱血老師罵太High，阿雅最好自省一下。

「——好！決定了！」

正當我在班會時間想著這樣的念頭。

鄉崎老師突然大聲說話。

接著伸手一指——指向了結花。

「…………？」

全班同學頭上都冒出問號。

結花面不改色，但多半有疑問，於是問起：

「……請問，老師決定了什麼？」

「決定要請妳去當志工！」

志工？

鄉崎老師也不管大家瞪大了眼睛，繼續說：

「老師有個朋友在附近的托兒所工作！我去拜託這個朋友，問能不能讓我們學生去當志工！

然後這志工的工作——綿苗結花！我想請妳去做！」

「……托兒所的志工，是嗎？」

結花露出狐疑的表情，歪了歪頭。

鄉崎老師一臉心滿意足的表情看著這樣的結花。

然後用力抓住結花的肩膀。

「沒錯。可以和小朋友們開心地互動，會是一段美妙的時間。老師希望妳一定要去！」

「呃……」

「下下週的週日，麻煩妳去一趟托兒所！到時候會有人跟妳詳細說明！」

「咦……！下下週，週日……」

結花的眼神微微動搖。

可是——她什麼也沒說。

我想她是什麼都說不出口。

因為在學校的結花……是個不太擅長和人說話的女生。

下下週的週日。

這天——是《Love Idol Dream！Alice Stage☆》的活動當天。

結花將以「和泉結奈」的身分出場表演，是她要登上大舞台的日子。

「那麼，綿苗，就麻煩妳了～～」

「等……老師！」

不知不覺間，我整個人跳起來似的起身，開口說了。

「……佐方？」

「遊一，怎麼啦？」

二原同學和阿雅都睜大了眼睛看著我。

全班的視線集中在我身上。

我被這氣氛震懾住……嘴脣發抖，話都說不太出來。

「佐方，你有什麼事情要跟老師說嗎～～？」

「…………沒有。」

到頭來，我就這麼坐下，班會時間宣告結束。

——我朝結花瞥了一眼。

結花緊咬嘴脣。

就只是低著頭，坐著不動。

◆

「老師！」

「嗯？是佐方啊，怎麼啦？」

下課時間。

我先確定四周沒有人，然後叫住鄉崎老師。

鄉崎老師目瞪口呆。

雖然我也不太擅長和這種類型的老師說話——

但現在不是顧慮那麼多的時候了。

「請問老師為什麼決定要找綿苗同學？」

「噢，你是說志工那件事啊？」

鄉崎老師露齒一笑，朝我走過來。

然後用力抓住我的肩膀。

「不是佐方就是綿苗，我本來不知道該選哪個啊。」

我萬萬沒想到老師會提到我的名字，所以有些不解。

「……為什麼是我和綿苗同學？」

「佐方和綿苗不是很像嗎？」

老師突然說出這樣的話。

讓我更是大為動搖。

「請……請問是哪裡像？我和綿苗同學幾乎不曾說過話……而且我想，我跟她也是完全不同的類型。」

「的確，類型是不同，但同時也有相像的地方。」

「……請問這話怎麼說？」

鄉崎老師說話變得像是禪修問答，讓我愈來愈覺得不耐煩。

不知道老師懂不懂我的這種感受。

她得意洋洋地豎起食指繼續說：

「你待人和善，但除了和倉井，跟其他人都沒有什麼深入的交流吧？綿苗溝通不良的情形很多，抓不好和別人之間的距離。老師認為人要長大成人，最重要的就是和別人之間的溝通。所以，看著你們兩個——就是會擔心。」

這番話一語中的，讓我心臟猛一跳。

我本來以為她只是個很帶勁、很熱血的老師。

萬萬沒想到她竟然看學生看得這麼仔細……

「綿苗和別人說話時太生硬了，我覺得照那樣下去，她的人生一定會吃很多苦。」

「可……可是綿苗同學她……！」

——會以結奈的身分對大家說很多很多話！

我想說，可是，我不能說。

因為這是我和結花之間的祕密……

「可是，怎麼樣？」

「沒有……沒事。」

「老師班上有兩個人最不擅長溝通，綿苗和……佐方，老師是希望你們兩個能多了解學校的樂趣。」

老師想說的話，我明白了。

她是擔心我們，這我也明白了。

但同時——也覺得多管閒事。

老爸和媽媽離婚的時候，我不再對結婚懷抱夢想。

國三經歷慘痛的失戀時，我決定只活在二次元。

就像我這樣，相信結花一定——也有些不堪回首的過往。

人都各自懷抱著一些事物。

各有各的人生態度。

所以我——無法認同鄉崎老師這種把所有學生　視同仁的意見。

「學校對學生來說，就非得是最開心的地方……是這樣嗎？」

我緊咬嘴唇，擠出聲音似的說了。

接著瞪著老師——

「鄉崎老師、佐方同學。」

就在這個時候。

一邊甩動馬尾一邊將眼鏡往上用力一推。

學校款的結花慢慢朝我們走來。

「結……綿苗同學。」

結花朝我瞥了一眼。

她的臉上和在家時不一樣，沒有表情，然而……總覺得她在對我說「謝謝」。

我有這種感覺。

「……老師，我都聽見了。老師是想讓我……累積社會經驗吧？」

「就是這麼回事！跟托兒所的小朋友，應該會比跟同年齡層的朋友更容易建立關係！老師希望透過這次志工的工作，讓綿苗……變成一個能和大家一起歡笑的孩子。」

「……是這樣嗎？」

結花垂下視線。

她的眼眸有那麼點——濕了似的晃動。

「我明白了。我去。」

——累積社會經驗？

結花可是身為「和泉結奈」——承擔遠比我們多的辛苦。

把笑容送給那麼多粉絲耶。

——和大家一起歡笑？

結花在我面前，可隨時都是笑咪咪的呢。

她扮演結奈的時候，也隨時都有開心的聲調。
她一直和很多粉絲……一起歡笑耶。

如果老師要只拿學校的框架認定綿苗結花這個人。
把她塞進平凡的牢籠裡，奪走她寶貴的時間。
那麼拯救陷入這種困境的「太太」……

——就是「丈夫」的職責了吧？

「老師。」
我走到結花身前，明白宣告：
「我來。我來當托兒所的志工。」
結花睜大眼睛。
鄉崎老師也以窺探似的目光看著我。
「佐方，這是怎麼回事？」
「照老師的說法，我在溝通上也有課題需要解決，不是嗎？既然這樣，就請先讓我來做。還

是說，有什麼理由不能讓我去？」

我光明正大地搭話。

不知道鄉崎老師是如何看待我的這種態度——只見她開心地笑了。

「我知道了——那下下週的志工，就不請綿苗……而是由佐方，就請你去吧！」

◆

「對不起喔，小遊……都是為了我。」

鄉崎老師離開後，結花過意不去地來跟我道歉。

「要是我在班上可以和大家打成一片，鄉崎老師就不會說那種話了……」

「要是妳在班上和大家打成一片，我想——我和妳一定不會變成未婚夫妻。」

我說完這句話，對結花說笑：

「我總是從結奈身上得到活力，卻什麼都沒能為妳做。這就只是——報恩。」

「小遊……」

「喂～～佐方，還有綿苗同學～～！你們在幹嘛～～？」

我們正說著，二原同學就冒了出來。

「二……二原同學？」

「你們兩個竟然單獨談話，好稀奇呢。你們在聊什麼？」

二原同學說著湊過去看結花的臉。

不、不妙……我們的關係會穿幫……嗎？

「……也沒有啊。佐方同學說希望志工換成他去，就只是這樣。」

剛才那泫然欲泣的表情消失得無影無蹤。

結花恢復一貫的面無表情，淡淡地說出這樣的話。

「嗯？佐方要做？志工？」

「是啊，他說想做。」

說完結花就轉身離開。

「欸，佐方——綿苗同學怎麼好像心情不好？」

「誰……誰知道呢？」

鄉崎老師只看著結花的一面，就說她不擅長溝通。

但實際上的結花有著這麼多不同的面貌。

第19話

【超級壞消息】遊戲活動和學校活動撞期

她無論何時都很努力在和別人交流。

「你想做志工？以你來說，還真是稀奇。」

「會嗎……其實我對這種事情還挺拿手。」

所以我要暗中支持這樣的結花。

這是身為未婚夫的職責。

——因為這是在對我最喜歡的結奈表達我的愛。

第20話 【震撼】假日被迫當志工的結果……

「那麼小遊，我出門了。」

「嗯，活動要加油喔。」

結花穿上高跟鞋，拿起包包，朝我低下頭。

「真的對不起喔……小遊。」

「就說不要緊了啦。別看我這樣，我可是意外地很會陪小朋友玩。」

「是嗎？我總覺得你會被小朋友們玩。」

「真的被玩就到時候再說啦。」

結花點頭歸點頭，表情卻始終缺乏生氣。

活動就快開始了，怎麼可以這麼不起勁啦，真是的。

我拿出自己的手機，按下ＲＩＮＥ的發訊鍵。

——震動震動♪

「結花，妳看一下手機。」

第20話
【震撼】假日被迫當志工的結果……

「咦？」

■筆名「談戀愛的死神」■

結奈，早安！今天是期待已久的《愛站》現場活動吧！真沒想到結奈這麼快就可以在活動中演出……坦白說，我很感動。我自稱是妳的頭號粉絲，自然是再高興不過。妳會不會緊張？要是太緊張可會浪費妳美好的笑容……請妳放輕鬆，讓大家看到一如往常那個可愛的結奈喔！

結花慢慢抬起頭。

接著以戴了隱形眼鏡的澄澈眼眸看著我。

「……『談戀愛的死神』先生，謝謝你每次都這麼支持我。今天結奈也會拿出結奈的風格！全力加油！你不好好為我加油──我會生氣的。」

接著結奈──結花笑了。

她的笑容已經沒有陰霾。

「我出發了，『談戀愛的死神』先生。」

「慢走，結奈。」

我們道別，互相揮手。

接著結花出門前往活動會場。

「呼……」

我也得趕快準備，不然志工活動要遲到了。

可是——有那麼一點……

我看著天花板，茫然想著。

結奈第一次登上大舞台。

其實我還是想就近看著她——給她滿滿的加油啊。

◆

一抵達托兒所，就看到一個熟面孔已經在和孩子們玩了。

「喂～～你這樣，沙堆會垮！啊～～你看啦！」

她把一頭咖啡色長髮綁成丸子頭，圍著藍底的圍裙。

一個超級突兀的辣妹——二原同學，玩得十分開心。

「好～～！那接下來就玩捉迷藏吧～～我來當鬼，你們全都給我做好心理準備喔～～我玩捉迷藏……捉到了誰，可會吃掉他喔～～！」

「妳好融入啊，二原同學……」

「喔，佐方！」

二原同學本來和小朋友們玩得正起勁，一發現我來，就對附近一名大約三十幾歲的保育員打聲招呼。

「這位是佐方，我們兩個人會一起努力，還請多多指教～～！」

「啊，呃，呃……請多指教。」

二原同學鞠躬之後，匆匆準備趕回小朋友身邊。

妳等一下。

「為什麼二原同學妳會在這裡？本來照計畫是綿苗同學來，然後換成我吧？」

「嗯，沒錯～～可是昨天，我去跟鄉崎老師說：『我也想試試看～～』她就二話不說答應了，所以我就跑來參加啦。」

咦，這什麼情形……既然這樣，二原同學一個人來不就好了？

我心中幾乎就要湧起這種邪惡的感情，然而……在鄉崎老師看來，兩個有溝通障礙的學生當中一定要有一個參加吧。

「不過說真的，你為什麼會和綿苗同學換啊？」

「呃，呃～～……別看我這樣，我還挺喜歡小朋友的！」

「啊～～……嗯。我知道有人有這種性癖好，不過如果實際下手可會被逮喔。」

「才不是。我說的不是戀童那種喜歡。」

「開玩笑的啦。」

二原同學開著這樣的玩笑，自己哈哈大笑。

然後就被小朋友們叫去遊樂場了。

「……好！我也得努力。」

活動應該差不多開始入場了吧。

阿雅那傢伙從昨天就開心得要命，真的有夠羨慕他。

不過——再想這個也不是辦法。

我把純白的圍裙穿在黑色T恤上。

然後先對一個待在附近的小男生說話。

「你好，你在做什麼呢？」

「…………」

小男生以非常不安的眼神看著我。

我也不知道怎麼做才是正確答案，一直看著他。

默默對看的幼兒與十六歲少年。

「真是的，佐方，你搞什麼啊～～」

二原同學似乎看不下去，跑來幫忙。

「好，那大姊姊玩宇宙奇蹟超人喔，然後你玩那邊那隻外星人。」

「不要！我要玩宇宙奇蹟超人！」

「ＯＫ。那我就玩另一邊的外星人嘍～～……呵呵呵！」

二原同學輕而易舉就讓小男生敞開了心門。

然後起勁地演起外星人，和小男生用模型玩具展開戰鬥。

啊啊……鄉崎老師說的話可能也有道理吧。

這種時候，我——就不知道該怎麼辦。

「大哥哥。」

我正發著呆，就有個小女生拉了拉我的圍裙下襬。

我下定決心蹲下去，讓自己的視線高度和小女生一樣。

「什麼事啊？」

「那個，舉高高。」

「呃～～妳想要舉高高？」

「嗯！因為大哥哥，很大！」

我答應小女生的要求，將她放到自己肩上，然後站起來。

「哇～～好高～～！」

小女生緊緊抓住我的背，開心地大聲嘻鬧。

天真的模樣讓我莞爾不已，還轉起圈圈來。

「哇～～在轉在轉～～！」

「喔～～妳好開心喔。大哥哥很大隻嘛。」

二原同學笑咪咪地看著我們的情形，走了過來。

「好啦，大家～～這邊的大哥哥很會陪大家玩喔～～」

「真的嗎～～？」

「耶～～！」

在二原同學這句話的觸發下，大群孩子朝我湧來。

有的抓住我的腳，有的撲上我的腰。

好痛，有人突然給我一拳耶！

等等，不要拿木棍啊！

「啊哈哈哈……佐方好受小朋友們歡迎喔～～！」

「熱子她很熱血，不聽別人說話，是很令人傷腦筋，可是她比誰都更重視自己的學生，是個很善良的人。雖然我想她一定常常多管閒事就是了。」

「這個我懂～～雖然走的路線有點怪，不過我不會討厭鄉崎老師。」

二原同學對保育員露出爽朗的笑容。

保育員看到這樣的反應，似乎放下了心，跟著露出微笑。

「……嗚哇～～」

我們正聊著。

「嗚哇……嗚嗚……嗚哇啊啊啊啊啊啊啊！」

一個小男生的哭聲響徹了四周。

是剛才拿宇宙奇蹟超人的模型跟二原同學玩的小男生。

他玩的時候笑容那麼燦爛，現在卻哭得整張臉都皺在一起。

「咦，怎麼啦？你還好嗎？」

二原同學急忙跑過去。

「媽媽，不來……」

「小拓的媽媽……照預定時間還要一小時才會來。要再等一下喔。」

「不要～～！我要回家～～！大家都回家了～～！」

即使保育員安撫，小朋友一旦哭出來就沒有要停的跡象。

愈跟他說話，情形就愈演愈烈，只見他不停地大吼大叫。

「哎呀……怎麼辦？」

似乎連二原同學也不習慣應付這種狀況。

至於我，更是完全杵在原地，什麼事都辦不到。

我不知道這種時候該擺出什麼樣的表情……

「——你不用哭。」

輕飄飄。

晃動的馬尾從我鼻頭掠過。

來人緩和了眼鏡底下顯得銳利的眼神，輕巧地蹲下。

她——綿苗結花，摸了摸小男生的頭。

「媽媽一定會來，她最喜歡你了，一定會來的。」

「……可是，她還沒來啊。」

「你再玩一下，媽媽就會來的。來。」

第20話
【震撼】假日被迫當志工的結果……

結花笑咪咪，把掉在地上的宇宙奇蹟超人模型交給他。

「正義使者就算接連陷入危機也會努力。你也可以嗎？」

「……嗯，可以。」

「這樣啊。你好帥喔，是英雄。」

小男生被結花摸摸頭，再度露出笑容。

「綿苗同學，妳怎麼會來這裡？」

二原同學張大了嘴，看著結花。

「這工作老師本來就是要我做的，我的事情忙完了，所以就過來。」

「這樣啊。」

「謝謝妳喔，幫了我們大忙。」

保育員雙手合十對結花道謝。

結花鞠了躬，手繼續摸著抓住她的腿不放的小男生的頭。

「我可以待到這孩子回家為止嗎？因為如果我回去，說不定他又會不安。」

「這樣當然是幫了大忙……可是妳沒關係嗎？」

「沒問題。」

「啊，那我也留下！」

我趕緊舉起手向保育員做出表示。

「二原同學呢？」

結花以一貫的面無表情問起。

二原同學先盯著結花的臉看了好一會兒。

「……其實我接下來有事要忙。不好意思，可以麻煩你們兩位嗎～～？」

「好的。」

「那麼小拓，讓大姊姊他們好好陪你玩吧～～」

「嗯！也要謝謝大姊姊～～」

「好好好，不客氣～～下次我們拿宇宙奇蹟超人7來玩吧？」

「嗯。還有回來的宇宙奇蹟超人！」

二原同學和他進行這樣的對話，一邊脫下自己的圍裙。

接著遞向結花。

「來，妳沒帶圍裙過來吧？」

「啊……謝謝妳。」

「要答謝我，就下次再一起去唱卡拉ＯＫ～～」

二原同學單方面做了這樣的約定，就朝我們揮著手離開了。

第20話

【震撼】假日被迫當志工的結果……

保育員似乎也有其他工作要做，回到所內去了。

留在遊樂場的只剩下小男生，還有我……以及結花。

「……結花，呃——」

妳怎麼會來這裡？

結花打斷正要這麼問的我——靦腆地笑了。

「嘿嘿嘿……我想快點見到小遊，就跑來了。」

她臉上的笑容不是在學校時的綿苗結花。

是我家那個天真的未婚妻——結花的笑容。

第21話 【超級好消息】我的未婚妻有夠可愛

「大姊姊～～宇宙奇蹟炸藥衝～～」

小男生眉毛一揚，踱著小小的步伐跑向結花。

然後撞在她身上。

「看我的！」

「哇啊，被打敗了～～」

結花故意跌倒在地上。

看到她這樣，小男生開心地舉起雙手歡呼。

該怎麼說……好溫馨啊。

儘管是眼鏡配馬尾的在校版「綿苗結花」打扮，結花的表情卻和在學校時不同，十分柔和。

是因為對象是小孩子嗎？

——在學校時的綿苗結花；扮演結奈的和泉結奈；以及在家的結花。

她有著各式各樣的面貌，和小朋友嬉戲的結花……又是一種不同的面貌。

沒有哪個是假，哪個是真。

有各式各樣的結花，這些全都是結花。

我一定也有各式各樣的面貌吧。

我想我也一樣，包括這所有面貌在內——才是「佐方遊一」。

「好～～……這次要不要對大哥哥出招？」

「嗯。宇宙奇蹟炸藥衝！」

小男生只有這句台詞發音很流暢。

他小跑步跑向我。

然後朝我的腰際來了一記衝撞。

「唔啊啊啊啊，被～～打～～敗～～了～～！」

我發出誇張的聲音，在地上滾了幾圈。

連我自己都覺得演技很逼真。

這樣就能牢牢抓住小朋友的心——

——叩！

「好痛～～～～！」

「欸，小——佐方同學？你還好嗎？」

我得意忘形，結果腦袋在大樹的樹根上重重一撞。

「真是的……太過火了啦。」

「慚愧……」

結花跑向癱坐著不動，按住腦袋的我身邊，嘆了一口氣。

小男生盯著我們兩個人看。

「大姊姊，大哥哥，你們結婚了嗎？」

「咦！」

「你……你在說什麼啊！」

「你們很要好啊。」

幼童純真的眼神看著驚慌的我與結花。

呃，我們的關係的確和已婚夫妻很接近啦。

但該說這不能被大家知道，還是這是一種祕密的關係……

「小拓～～！」

「啊，媽媽！」

我們什麼話都答不出來，不發一語。

結果看似小男生母親的人急急忙忙跑了過來。

這一瞬間——小男生整個表情一亮。

母親用力抱住他，搔搔他的頭。

「對不起喔，媽媽工作到這麼晚。」

「不會。有大哥哥他們陪我玩～～！」

「哎呀，是這樣嗎！謝謝你們陪我們家孩子玩。」

母親不斷鞠躬並對我們道謝。

小男生也在旁邊模仿母親，不停鞠躬。

這幅家人的光景是多麼令人莞爾。

「太好了，媽媽來了。」

「嗯！」

結花瞇起眼睛笑了。

看著她祥和的表情——連我都覺得溫暖起來。

◆

小男生回去後，我們對保育員道謝，離開了托兒所。

「謝啦，結花。妳參加完活動，還特地來幫忙。」

「不會，我才要說謝謝！因為都是多虧小遊代替我，我才能好好參加活動。」

我們走在傍晚的街上，所以我和結花保持一定的距離。

有著一點點手和手碰不到一起的距離。

我們彷彿在假裝陌生，讓我總覺得有點想笑。

「話說回來，和小朋友們玩的小遊……好可愛喔～～！」

結花大大張開雙手，說得理所當然。

「嗯？我可愛？不是小朋友可愛？」

「小朋友很可愛，小遊也可愛。這才是世界的真理！」

「我可是高二的男生耶……」

「帥氣又可愛，這樣的一面就是小遊的魅力！」

真搞不懂我這種臭男生有什麼可愛的。

結花的品味很怪耶。

「就是像那樣，我跟小遊一起和小朋友玩……對吧？」

「呃，妳說『對吧』，我也不懂妳是指什麼。」

「你不懂嗎？原來你不懂啊。」

「愈是少根筋的人，就愈不承認自己少根筋嘛。」

「這是什麼話嘛～真是的！……然後，最重要的是最後！竟然還為我們準備了特別的服裝……我唱了，我唱了喔～～！在大型會場唱歌是會讓人緊張，不過……嘻嘻嘻，相～～當～～痛快呢！」

我想起結奈的歌聲，心情變得平靜。

她平常說話的聲音我也喜歡，而唱歌的聲音我也非常喜歡。

「……可是啊，『談戀愛的死神』先生。」

她的聲調忽然下降。

然後轉身背向我……仰望天空。

「沒有你在……我有那麼點無助，因為結奈無時無刻不從你那兒得到活力和勇氣。所以，本來還真有點不安，擔心自己沒辦法好好發光發熱。」

「……沒有這種事。」

我——「談戀愛的死神」不是那麼了不起的人物。

無論什麼時候，結奈都自己在發光發熱。

我才是從她的光與熱當中……得到勇氣。

「——好了！以上就是特派員為您做的活動報導！」

結花啪的一聲拍響手掌。

然後轉身面向我。

「『談戀愛的死神』先生——不，小遊，如何？」

「嗯？我當然是好想去啊。」

阿雅從剛剛就一直連傳ＲＩＮＥ訊息給我，都是些「結奈公主好可愛……」「是我老婆……」之類的內容，坦白說煩得要命，我懊惱得要命。

「這樣啊，你很遺憾吧！我也很遺憾！我們這麼遺憾沒關係嗎？不～～當然有關係！」

結花非常亢奮地說個不停。

接著她忽然表情一變。

換成了能震懾住所有觀看者的——結奈的無敵微笑。

「那麼小遊，接下來，我們就來解決……這種遺憾吧？」

◆

回到家後，大概過了一小時。

我坐在客廳的沙發上，茫然看著天花板。

「等我一下喔！絕對不可以離開這裡喔！」

結花先這樣強調，然後匆匆回到自己的房間。

真是的，結花一想到什麼主意就不聽人說話啊。

我是不知道她到底打什麼主意，但講什麼「解決遺憾」，我也全無頭緒啊。

沒能去看結奈演出的活動，我內心留下的空洞怎麼想都不覺得可以輕易填補。

「小遊，可以幫我把桌子搬開一點嗎～～？」

結花從隔開客廳與走廊的門後對我說出這句話。

「呃，結花，妳要做什麼？」

我問了，但沒有回答。

我不明就裡，但還是把桌子搬到牆邊。

順便把椅子和一些擺在地上的東西也都挪到牆邊。

沙發前空出一個大了一點的空間。

「呃，挪是挪開了……這樣可以嗎？」

「——嗯！謝謝你喔！」

以澄澈的嗓音這麼說完就跳進客廳的……

不是結花。

是如假包換的——結奈。

以白色蕾絲裝點的粉紅色連身洋裝。

左腰間有個黃色大蝴蝶結。

黑色長筒過膝襪與裙子之間有著露出白嫩大腿的絕對領域。

戴著隱形眼鏡的一雙大眼睛。

咖啡色的雙馬尾就像有生命似的晃動。

「……結奈。」

「你好，『談戀愛的死神』先生——小遊！今天——你能來參加結奈的特別舞台，讓結奈非常開心！」

特別舞台？

我無法理解發生了什麼事，結奈就在我面前操作手機。

接著，從放在地上的手機播出的——是《Love Idol Dream！Alice Stage☆》的主題曲。

沒有歌聲的版本。

「來——表演的時間到了！」

結奈配合背景音樂，開始歌唱。

那是直透心臟最深處的澄澈的歌聲。

結奈踏著舞步，擺動雙手。

就像蝴蝶飛舞，華麗又可愛的舞蹈。

結奈笑了。

那想必是她即使在舞台上也不會展露出來的——

只給我看的……那種笑容。

接著，音樂結束。

結奈朝我深深一鞠躬。

「……以上就是結奈的特別舞台表演！限定只招待您一個人，雖然音響、照明這些設備完全不講究……但我真的竭盡全力了！」

結奈抬起頭，笑得像一朵向日葵。

不，這笑容——是結花？

不對不對，是二次元的結奈？

綿苗結花；和泉結奈；《愛站》的結奈。

這些面孔在我的腦子裡轉啊轉的，漸漸混在一起。

我已經——連自己都搞不清楚了。

「怎麼樣，小遊？遺憾的心情都拋開了嗎？」

「……不，完全沒有。」

「咦！」

我斬釘截鐵地這麼一說，結花就露出由衷感到震驚的表情。

「畢竟我可是『談戀愛的死神』耶，是結奈的頭號粉絲。這樣的『死神』竟然錯過結奈的第一場現場活動……我一定會後悔一輩子。」

「唔……這樣啊。我還以為想到了一個好主意呢～～」

結花垂頭喪氣。

我——

用力抱緊了這樣的結花。

「咦！小……小遊？好……好近！」

「接下來要說的，是我——『談戀愛的死神』，對最喜歡的『結奈』說的話。我先說清楚，是對結奈說的。」

我像是在說給自己聽，這麼宣告。

我盯著結花的臉。

水汪汪的眼睛；飛紅的臉頰；粉紅色的嘴唇。

這種心情是怎麼回事呢……

很久以前就悶在心裡，幾乎要讓心臟脹破似的莫名感覺湧了上來。

我把這樣的心情和著空氣一起吞下。

「沒能看到現場活動，我會遺憾一輩子。但妳這樣為我辦了特別舞台，這件事……我一輩子

都不會忘記。」

「……嗯。」

「謝謝妳。我愛妳——全世界我最喜歡的就是妳。」

最後這句話，我再也忍不住，便撇開了目光。

因為要是看著結花——我會覺得再也分不清這句話是對誰說的。

於是我就要放開結花——

「……嗯？」

我發現結花一臉「說什麼也不放手」的表情看著我。

「呃……結花小姐？」

「不夠啊。」

「什麼不夠？」

「剛才那是『談戀愛的死神』先生給結奈的評語吧？我還想聽小遊給我的評語耶～～」

「那個不說不行嗎？」

「不行。」

「真是的……妳也太任性了。」

「把這樣的我當未婚妻的不就是你嗎？」

真是的……就只有這種地方很頑固。

「唉……我只說一次。絕對，真的就只說一次，知道嗎？」

「嗯，知道了！」

於是，結花像小狗似的等著我的一句話。

哇，身體變得有夠熱。

不是我在說，我實在沒辦法看著她的臉，所以閉上了眼睛。

擠出聲音——開了口。

「結花，呃……我……我愛妳……」

這一瞬間，嘴唇……

碰到了一種柔軟又溫暖的東西。

柑橘類的甜香擾動我的鼻腔。

「————！」

我嚇了一跳，睜開眼睛一看……結花整個人猛然退開。

然後臉紅得像蘋果，吐出舌頭笑了。

她的笑容好像結奈。

卻又如假包換是結花的笑容。

這一切的一切——都牢牢抓住我的心。

「——我也是，全世界最愛的就是你……小遊！」

☆給談戀愛的死神☆

——國中時代的我。

嚴格說來，算是「很多話的御宅族」。

就是會和要好的朋友聊動漫的話題聊個不停。

我以前就是這樣一個女生。

我也不知道是不是因為這樣的行徑漸漸變得顯眼。

從國二的夏天那陣子——班上那些醒目的女生開始會來找我麻煩。

起初我都忍著。

要好的朋友也因為不想被牽連，不再找我說話。

——那是一種斷了線的感覺。

我從國二的冬天開始就不上學了。

☆給談戀愛的死神☆

總之我就是覺得上學好可怕。

所以我把自己關在家裡，看輕小說、看漫畫、看動畫。

我一直在尋求一個現實以外的地方，想從那裡得到活力。

這樣的日子過著過著——我漸漸開始想如果我可以自己創造出「這樣的世界」該有多好。

然而，我沒有文才，也沒有繪畫的天分。

啊，可是……雖然是在年紀非常小的時候。

我想起了……只有我的「聲音」曾經受到誇獎。

我從以前就有著一想到什麼就會立刻行動的一面。

明明拒絕上學，卻覺得：「只有這件事我非做不可！」

我搭上新幹線，從家鄉到東京。

我參加了《Love Idol Dream！Alice Stage☆》的選秀會。

我萬萬沒想到——我竟然會合格。

「妳好，從今天起要請妳多關照了。」

第一次去經紀公司的時候。

掘田師姊和善地跟我打招呼，但我太緊張，只能不吭聲地不斷鞠躬。對不起。

國中畢業後，我搬去東京，開始一個人住。

我成了聲優「和泉結奈」。

雖然也有上高中。

但不知道為什麼去上學……我還是會忍不住緊張，沒辦法好好和人說話。

當聲優的時候就莫名地很能講啊。

不過當聲優時又變得話太多，也是不太好啦。

後來我成了「結奈」。

以和泉結奈的身分，賦予結奈這個角色生命的第一句台詞。

『結奈會一～～直陪在你身邊！所～～以～～……我們一起歡笑吧？』

就只是一句話，我卻莫名地說不順。

音響師都感到傻眼。

我有夠沮喪。

我本來還以為只要當了聲優，就能夠脫胎換骨。

到頭來，我不管做什麼都做不好嘛。

☆給談戀愛的死神☆

每天……我都這樣想，在沒有別人在的套房裡垂頭喪氣。

事情發生在那之後又過了一陣子。

經紀人對我說：「妳的粉絲寄了信過來。」

粉絲？我才配過少少幾句話耶。

結奈的人氣明明那麼低耶。

我心想：絕對是惡作劇的粉絲信。

然後，我看了——這封信。

■來自談戀愛的死神■

結奈，這是第一次寫信給妳。妳用開心的聲音歡笑的那一瞬間——讓沮喪的我得到了活力，讓我能再度跳進世界之中。謝謝妳，結奈，我最喜歡妳了。以後我也會一直一直支持妳。

——在那之後的我。

將「談戀愛的死神」所說的話化為動力，全力拚到今天。

雖然我還嫩得很。

但他讓我知道……即使是這樣的我，也能帶給別人笑容。
所以，當爸爸跟我提起「婚事」時，坦白說我很火大。
心想：在這麼關鍵的時候，他到底在想什麼。
心想：我絕對要拒絕。
我本來——是這麼想的。

……………小遊——
你從認識我之前就已經在支持我。
這次我希望換我能夠支持你。
作為你的太太——讓你可以隨時都有笑容。
我以後也會繼續努力！
所以……如果可以一直一直陪在你身邊，我會非常高興！

☆和泉結奈　結奈　綿苗結花　上☆

☆給談戀愛的死神☆

後記

【好消息】冰高悠，睽違多時再度於Fantasia文庫出版新書！

……所以——

各位讀者，初次見面；又或者有些讀者是久違了，我是冰高悠。

《讓人想丟辭呈的魔法聯盟》、《テンプレ展開のせいで、おれのラブコメが鬼畜難易度》、《せきゆちゃん（嫁）》——之前我曾在Fantasia文庫推出這三部作品。

這次的《【好消息】我的不起眼未婚妻在家有夠可愛。》是第四部，是一部比以往塞了更多戀愛喜劇當中的「戀愛」成分的作品。

忍不住會多寫喜劇成分，這部分就請大家睜隻眼閉隻眼了。

比起過去三部作品的女主角，綿苗結花是個比較低調而不起眼的女生。

但這只限她待在學校的時候。

一回到家，她就會搖身一變，化為一個天真爛漫，太喜歡主角佐方遊一的可愛未婚妻！

而且結花還是遊一所愛的「結奈」。

——結花這個少女有如萬花筒一般風情萬種，本作就滿滿塞了她的這種魅力。

但願能為讀了本書的讀者帶來哪怕只是一點點的療癒。

另外，在已經發售的《DRAGON MAGAZINE二〇二一年三月號》也刊登了本作的特輯，如果各位讀者可以一併閱讀，那就太令人感謝了！

那麼請讓我陳述謝辭。

新責編T氏，這次是我們搭檔的第一部作品，您對應迅速，將本作裝訂得十分精美，真的非常感謝您。今後還要繼續請您多多關照！

たん旦老師，真的非常感謝您以許多美麗的插畫來點綴本作。結花千變萬化的種種面貌，在您筆下都超乎了我的想像，讓我由衷非常開心！

所有參與本作出版與發售的人士。

在創作方面有交流的各位。

朋友、前輩、後輩諸君，以及我的家人。

多虧各位的支持以及帶給我的刺激，我又得以讓一部作品出世。

本作在小說連載網站「KAKUYOMU」及「成為小說家吧」開始連載時……我陷入了作家人生中最大的低潮。

我寫不出東西，心急如焚，沮喪地覺得自己可能已經不行了。即使是這樣，我還是想編織出故事，寫個不停——這樣的本作能夠成為一本書，是一種無法用言語形容的歡喜。

各位讀者，真的非常謝謝大家拿起了這本書。

但願各位每天都能笑著過日子。

『結奈會一～～直陪在你身邊！所～～以～～……我們一起歡笑吧？』

冰高　悠

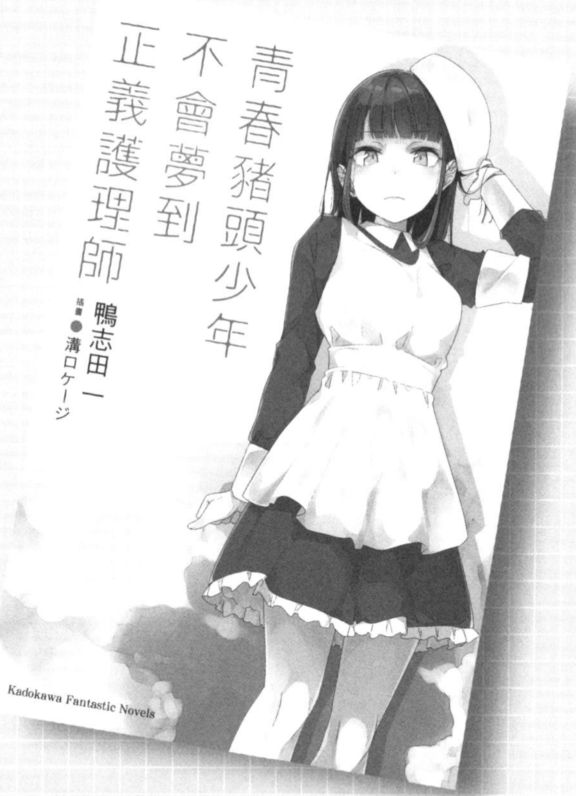

青春豬頭少年不會夢到正義護理師

Kadokawa Fantastic Novels

作者：鴨志田 一　插畫：溝口ケージ

都市傳說「＃夢見」在學生間成為話題。
郁實藉此化身為「正義使者」助人？

寫下來的夢會應驗——這個都市傳說「＃夢見」在學生們的SNS成為話題。咲太目擊郁實藉此化身為「正義使者」助人，也得知她碰上了類似騷靈的現象，而且原因好像來自以前的咲太……？開啟上鎖的過去之門，青春豬頭少年系列第十一集。

各 **NT$200~260/HK$65~80**

三角的距離無限趨近零 1~6 待續

作者：岬鷺宮　插畫：Hiten

我愛上的那個女孩體內住著兩個靈魂——
與雙重人格少女譜出的三角戀愛故事。

秋玻與春珂人格對調的時間再次開始縮短。我能跟她們兩人在一起的寶貴時光，以及雙重人格都要結束了。然而，為了我自己，也為了她們兩人……我還是要做出抉擇。不久後，我在她們兩人身後隱約見到的「那女孩」是——

各 **NT$200~220/HK$67~73**

國家圖書館出版品預行編目資料

【好消息】我的不起眼未婚妻在家有夠可愛。/
氷高悠作；邱鍾仁譯. -- 初版. -- 臺北市：臺灣
角川股份有限公司, 2021.12-
　冊；　公分. -- (Kadokawa fantastic novels)
譯自：【朗報】俺の許嫁になった地味子、家
では可愛いしかない。
ISBN 978-626-321-058-5(第1冊：平裝)

861.57　　　　　　　　　　110017760

Kadokawa
Fantastic
Novels

【好消息】我的不起眼未婚妻在家有夠可愛。 1

（原著名：【朗報】俺の許嫁になった地味子、家では可愛いしかない。 1）

2021年12月20日 初版第1刷發行
2022年8月25日 初版第3刷發行

作 者：氷高悠
插 畫：たん旦
譯 者：邱鍾仁

發行人：岩崎剛人
總編輯：蔡佩芬
編 輯：孫千棻
美術設計：宋芳茹
印 務：李明修（主任）、張加恩（主任）、張凱棋

發行所：台灣角川股份有限公司
地 址：104台北市中山區松江路223號3樓
電 話：（02）2515-3000
傳 真：（02）2515-0033
網 址：www.kadokawa.com.tw
劃撥帳戶：台灣角川股份有限公司
劃撥帳號：19487412
法律顧問：有澤法律事務所
製 版：巨茂科技印刷有限公司
ISBN：978-626-321-058-5
